中华寓言 大智慧 上

韩宇◎编著

中国出版集团

现代出版社

图书在版编目(CIP)数据

解读中华寓言大智慧(上)／韩宇编著. —北京：现代出版社，2014.1

ISBN 978-7-5143-2154-8

Ⅰ.①解… Ⅱ.①韩… Ⅲ.①寓言－作品集－中国 Ⅳ.①I277.4

中国版本图书馆 CIP 数据核字(2014)第 008539 号

作　者	韩　宇
责任编辑	王敬一
出版发行	现代出版社
通讯地址	北京市安定门外安华里 504 号
邮政编码	100011
电　话	010－64267325 64245264(传真)
网　址	www.1980xd.com
电子邮箱	xiandai@cnpitc.com.cn
印　刷	唐山富达印务有限公司
开　本	710mm×1000mm　1/16
印　张	16
版　次	2014 年 1 月第 1 版　2023 年 5 月第 3 次印刷
书　号	ISBN 978-7-5143-2154-8
定　价	76.00 元(上下册)

目 录

第一章 花容月貌篇

第二章　果敢勇猛篇

第三章　尔虞我诈篇(上)

第一章　花容月貌篇

1. 齐王嫁女

有一个名叫吐的人，做宰牛卖肉的生意，由于他的聪明机灵经营有方，因此生意做得还算红火。

一天，齐王派人找到吐，对吐说："齐王准备了丰厚的嫁妆，打算把女儿嫁给你做妻子，这可是天大的好事呀！"

吐听了，没有受宠若惊，而是连连摆手道："哎呀，不行啊。我身体有重病，不能娶妻。"

那人非常奇怪地走了。

后来，吐的朋友知道了这件事，觉得奇怪。于是跑去劝吐说："你这个人真傻，你一个卖肉的，整天在腥臭的宰牛铺里生活，为什么要拒绝齐王拿厚礼把女儿嫁给你呢？真不知你是怎么想的。"

吐笑说："齐王的女儿实在太丑了。"

吐的朋友摸头不知脑地问："你见过齐王的女儿？你何以知道她丑呢？"

吐回答："我虽没见过齐王的女儿，可是我卖肉的经验告诉我，齐王的女儿是个丑女。"

朋友不服气地说："何以见得？"

吐胸有成竹地回答说："就说我卖牛肉吧，我的牛肉质量好的时候，只要给足数量，顾客拿着就走，我用不着加一点、找一点的，顾客感到满意，我呢，惟恐肉少了不够卖。我的牛肉质量不好的时候，我虽然给顾客再加一点这、找一点那，他们依然不要，牛肉怎么也卖不出去。现在齐王把女儿嫁给我一个宰牛卖肉的，还加上丰厚礼品财物，我想，他的女儿一定是很丑的了。"

吐的朋友觉得吐说得十分在理，便不再劝他了。

后来，吐的朋友见到了齐王的女儿，果然长得很难看。这位朋友不由得暗暗佩服吐的先见之明。

如果吐不是以自己亲身的感受去举一反三地思考生活中的现象，那说不定就会要娶回一个自己不喜欢的丑妻了。生活中有些事情虽没什么直接的联系，但道理却是相通的。

2. 美丑标准

阳朱到宋国，投宿在一家客栈里。店主人热情地接待阳朱，并向他介绍自己的家人。阳朱发现主人有两位小妾，一位长得亭亭玉立，楚楚动人，而另一位却相貌丑陋。偏偏令人不理解的是，店主宠爱丑陋而轻贱漂亮。

阳朱怀着好奇心，想打听个究竟，便询问缘由。

"那个漂亮的自恃美貌却轻视他人，傲气的不得了，我越看她，越觉得丑；这位看似丑陋的心地善良，待人谦和，知情达理，令我越看越觉漂亮，我一点也不认为她不漂亮。"说到这里，正好漂亮的那位小妾昂首挺胸地走过来。主人连看都不看她一眼，对阳朱说："瞧这德性，这模样，实在叫人生厌，她哪里知道什么叫美，什么为丑！"

阳朱在店主人的一番启发下，很受教育。他认为，外形固然很重要，品行却是更重要的标准。一个人若貌美再加上品格高尚，那就一定会受到人们的爱戴。若相貌不理想而心灵美，也会获得尊重。

对美与丑从来有两条标准：追求外在美，是表面的肤浅的；崇尚内在美，是本质的富有内涵的。

炫耀表面美，踞美自傲是浅薄的丑陋；自尊自爱谦逊待人是美的境界。表面美是暂时的，内在美是永恒的。

3. 齐人有一妻一妾

齐国有一名男子，与一妻一妾住在一起。他常常独自一人外出，然后酒足饭饱而归。这人的妻子感到有些奇怪，心想："没听说他在外面做什么大事，家里妻妾又没有过什么好日子，他怎么有钱经常在外大吃大喝呢？"于是便问其原因。她男人说道："我在外面结交的都是些富贵家的人，人家三天一大宴、两天一小宴，请我去吃酒肉还用花钱？"

这人的妻子半信半疑。她悄悄对那妾说："我们的男人每次出去，总是吃饱了酒肉才回来。我问他经常跟什么人在一起吃喝，他说都是些富贵家的人。可是我们家从来都不曾有一位贵客登门呀！看来我要了解一下这究竟是怎么一回事。"

第二天，齐人的妻子起了个大早。她躲躲闪闪地尾随在自己的男人身后。但是走遍了全城，甚至没见到有谁和自己的男人讲一句话。夫妻俩一前一后地在城里转了一阵子，忽然，这女人看见丈夫朝东门外走去，于是紧跟了上去。哪知道东门外是一块坟地。她只见自己的男人走东头、窜西头，向各家上坟的人乞讨着剩下的残酒冷菜。这女人一下子全明白了。她气呼呼地跑回家去，把真相一五一十地告诉了那妾，并且伤心地说："男人是我们女人的终身依靠，没想到咱们的男人竟然这么不争气。"这两个女人你一言我一语地数落那男人的不是，为自己这辈子命苦而痛哭流涕。

那男人并不知道自己在坟地里行乞的事已经露馅，回家后仍像往常一样得意洋洋地在妻妾面前夸耀与贵人聚会的热闹场面。

世上居然有这般恬不知耻的人！由此看来，那些已经求得万贯家产、高官显爵的人，不曾干过让其妻妾蒙羞、痛哭之事的，也许为数不多。

这则寓言中的齐国男子，他那好逸恶劳、为贪图享受而完全抛弃人格的行为，集中表现了剥削阶级的人生观。用齐国男子的丑恶嘴脸来比喻官僚的腐败、无耻，正是这个故事的寓意所在。

4. 自食其力好

齐国有个人上无片瓦，下无立锥之地，自己又无一技之长，没有谋生的手段，每天只有靠在城里乞讨度日，生活十分困窘。

那时的城市不大，他天天走的都是那几条街巷，讨的总是那几户人家。开始，人们出于一种同情心，还给他一点残菜剩饭；时间长了以后，人们就觉得他来的次数太多了，令人生厌，于是谁也不愿意再给他食物了。为此，他只有忍饥挨饿的份了。

恰在此时，有个姓田的马医因活太多，忙不过来，需要找一个帮手。这个乞丐便主动找上门去，请求在马厩里给马医打打杂工，以此换取一日三餐。这样，他再也不用沿街乞讨，晚上也不必漂泊流浪，安定的生活使他的日子变得充实起来，干活也格外卖力。

可是，又有人在一旁取笑他了："马医本来就是一个被人瞧不起的职业，而你不过是为了混口饭吃，就去给马医打杂、当下手，这不是你的莫大的耻辱吗？"

这个昔日的乞丐平静地回答："依我看，天下最大的耻辱莫过于寄生虫，靠乞讨度日。过去，我为了活命，连讨饭都不感到羞耻；如今能帮马医干活，用自己的劳动养活自己，这又怎么能说是耻辱呢？"

这个齐国人的生活态度是正确的，劳动没有高低贵贱之分，在任何情况下，都是自食其力好。

5. 曹商舐痔

宋国有个叫曹商的人，被宋王派往秦国做使臣。他启程的时候，宋王送了几辆车给他做交通工具。曹商来到秦国后，对秦王百般献媚，千般讨好，终于博得了秦王的欢心，于是又赏给了他一百辆车。

曹商带着秦王赏的一百辆车返回宋国后，见到了庄子。他掩饰不住自己的得意之情，在庄子面前炫耀："像你这样长年居住在偏僻狭窄的小巷深处，穷困潦倒，整天就是靠辛勤地编织草鞋来维持生计，饿得面黄肌瘦。这种困窘的日子，我曹商一天也过不下去！你再看看我吧，我这次奉命出使秦国，仅凭这张三寸不烂之舌，很快就赢得了拥有万辆军车之富的秦王的赏识，一下子就赐给了我新车一百辆。这才是我曹商的本事呀！"

庄子对曹商这种小人得志的狂态极为反感，他不屑一顾地回敬道："我听说秦王在生病的时候召来了许多医生，对他们当面许诺：凡是能挑破粉刺排脓生肌的，赏车一辆；而愿意为其舐痔的，则赏车五辆。治病的部位愈下，所得的赏赐愈多。我想，你大概是用自己的舌头去舔过秦王的痔疮，而且是舔得十分尽心卖力的吧？不然，秦王怎么会赏给你这么多车呢？你这肮脏的东西，还是快点给我走远些吧！"

曹商用丧失尊严作代价去换取财富，不以为耻，反以为荣，他必然会招致庄子的痛斥。这则寓言对于社会上某些不择手段追逐名利之徒，也不失为一面警醒的明镜。

6. 楚王好细腰

从前，楚灵王喜欢在上朝时看到臣子们有个如杨柳般婀娜多姿的细腰身，他认为只有这样才叫赏心悦目，能使满堂生辉。有些生得苗条柔弱的大臣还因此受到了楚灵王的赞美、提拔和重用。

这样一来，满朝的文武大臣们为了赢得楚灵王的欢心和宠信，便千方百计地实行减肥，拼命使自己的腰围变小。他们不约而同地注意节制饮食，强迫自己一天只吃一餐饭，为此经常饿得头昏眼花也在所不惜；有的大臣更是摸索出了一套快速减肥的绝招，那就是在每天早晨起床穿衣时，首先做几次深呼吸，挺胸收腹，然后将气憋住，再用宽带将腰部束紧。经过这样一番折腾之后，许多人便渐渐失去了独立支撑身体的能力，往往需要扶住墙壁才能勉强站立起来。

　　如此这般，经过整整一年的折磨以后，楚国的满朝文武官员们全都变成了面黄肌瘦、形容枯槁、弱不禁风的废物，这又怎么能担当得起治理国家、保卫疆土的重任呢？

　　"楚王好细腰"的闹剧说明：上有所好，下必甚焉。楚灵王以个人的好恶去规范臣下的行为，并以此决定亲疏，这就必然会引起下属臣僚的刻意逢迎和拼命邀宠。如此上下互动，渐成风气，势必会酿出大祸，危害国家，毁掉个人。应该说，这个历史故事，对于今天的人们如何安身立命，也不失为一个深刻的教训。

7. 爱发脾气

　　张三和李四两个人闲来无事，在屋子里聊天。张三说："有个和我一起共事的人，名字叫王五。王五的脾气可暴躁了，动不动就会发火，一发起火来，又拍桌子又摔东西，搞不好还会打人呢！我们平时都很害怕他，不敢和他争执。"李四说："真的吗，果真有这样火爆性子的人？"

　　两人正说着，王五正巧从屋外经过，窗子开着，张三的话全都清清楚楚地传到他耳朵里。

　　王五顿时大发雷霆，面红耳赤，脖子上的青筋一根根地凸出来。他大步跑到屋门口，气势汹汹地一脚把门踹开，冲进屋里，见了张三，一把抓住他的领口，不由分说地照准面门就是重重一拳。张三被打得踉跄着退了好几步，一屁股坐在地上，血从他的鼻子里慢慢流了下来。

王五还觉得不解恨，也不管张三一迭声地叫饶，过去骑在他身上，抬起拳头打个不停。

李四见状，赶忙过去劝解。费尽九牛二虎之力，他终于把王五拉开，问他说："你为什么要打张三呢？"

王五气呼呼地回答说："我哪有性子暴躁的毛病，又什么时候乱发过脾气呢？他这样诬蔑我，我当然要好好教训教训他！"

李四说道："你现在这样做不正是性子暴躁、喜欢发火的表现吗？张三并没有说错啊，你又为什么要对自己的缺点讳莫如深呢？"

李四说得对，有了缺点不应该忌讳别人说，有则改之，无则加勉，才能不断完善自己。

8. 替景公占梦

齐景公得了肾炎病，已经十几天卧床不起了。这天晚上，他突然梦见自己与两个太阳搏斗，结果败下阵来，惊醒后竟出了一身冷汗。

第二天，晏子来拜见齐景公。齐景公不无担忧地问晏子："我在昨夜梦见与两个太阳搏斗，我却被打败了，这是不是我要死了的先兆呢？"晏子想了想，就建议齐景公召一个占梦人进宫，先听听他如何圆这个梦，然后再作道理。齐景公于是委托晏子去办这件事。

晏子出宫以后，立即派人用车将一个占梦人请来，占梦人问："您召我来有什么事呢？"晏子遂将齐景公做梦的情景及其担忧告诉了占梦人，并请他进宫为之圆梦。占梦人对晏子说："那我就反其意对大王进行解释，您看可以吗？"晏子连忙摇头说："那倒不必。因为大王所患的肾病属阴，而梦中的双日属阳。一阴不可能战胜二阳，所以这个梦正好说明大王的肾病就要痊愈了。你进宫后，只要照这样直说就行了。"

占梦人进宫以后，齐景公问道："我梦见自己与两个太阳搏斗却不能取胜，这是不是预兆我要死了呢？"占梦人按照晏子的指点回答说："您所患的肾病属阴，而双日属阳，一阴当然难敌二阳，这个梦说明您的病很快就会好了。"

齐景公听后，不觉大喜。由于放下了思想包袱，加之合理用药和改善饮食，不出数日，果然病就好了。为此，他决定重赏占梦人。可是占梦人却对齐景公说："这不是我的功劳，是晏子教我这样说的。"齐景公又决定重赏晏子，而晏子则说："我的话只有由占梦人来讲，才有效果；如果是我直接来说，大王一定不肯相信。所以，这件事应该是占梦人的功劳，而不能记在我的名下。"

最后，齐景公同时重赏了晏子和占梦人，并且赞叹道："晏子不与人争功，占梦人也不隐瞒别人的智慧，这都是君子所应具备的可贵品质啊。"

在名和利面前，晏子与占梦人都有一个正确的态度，既不夺人之功，也不掠人之美，真诚谦让，这种君子之风值得后人效法与发扬。

9. 山鸡起舞

　　山鸡天生美丽，浑身都披着五颜六色的羽毛，在阳光的照耀下熠熠生辉、鲜艳夺目，叫人赞叹不已。山鸡也很为这身华羽而自豪，非常怜惜自己的美丽。它在山间散步的时候，只要来到水边，瞧见水中自己的影子，它就会翩翩起舞，一边跳舞一边骄傲地欣赏水中倒映出的自己那绝世无双的舞姿。

　　魏武帝曹操当政的时候，有人从南方献给他一只山鸡。曹操十分高兴，召来了有名的乐工，为他奏起动听的曲子，好让山鸡跳舞歌唱。乐工卖力地又吹又打，可是山鸡却一点都不买账，充耳不闻，既不唱也不跳。曹操的手下人拿来美味的食物放在山鸡面前，山鸡连看都不看，无精打采地耷拉着脑袋走来走去。就这样，任凭大家想尽了办法，使尽了手段，始终都没办法逗得山鸡起舞。

　　曹操非常扫兴，气恼不已，斥责手下人说："你们这么多人，连一只山鸡都对付不了，还怎么做大事！"

　　曹操有一位十分钟爱的小儿子，名字叫作曹冲。曹冲自幼聪明伶俐，又博览群书、见识渊博。这时候，他动了动脑子，有了主意，于是就走上前对曹操说：

　　"父王，儿臣听说山鸡一向为自己的羽毛感到骄傲，所以一见到水中有自己的倒影，就会跳起舞来欣赏自己的美丽。何不叫人搬一面大镜子来放在山鸡面前，这样山鸡顾影自怜，就会自动跳起舞来了。"

　　曹操听了拍手称妙，马上叫人将宫中最大的镜子抬过来，放在山鸡面前。

山鸡慢悠悠地踱到镜子跟前，一眼看到了自己无与伦比的丽影，比在水中看到的还要清晰得多。它先是拍打着翅膀冲着镜子里的自己激动地鸣叫了半天，然后就扭动身体、舒展步伐，翩翩起舞了。

山鸡迷人的舞姿让曹操看得呆了，连连击掌，赞叹不已，也忘了叫人把镜子抬走。

可怜的山鸡，对影自赏，不知疲倦，无休无止地在镜子前拼命地又唱又跳。最后，它终于耗尽了最后一点力气，倒在地上死去了。

山鸡的确美丽，但它的虚荣心也实在太强了，以致于受人愚弄。我们可不能让虚荣心、好胜心战胜了理智，否则就会遭到惨败。

10. 蔡邕救琴

东汉灵帝在位的时候，有个大臣名叫蔡邕。蔡邕为人正直，性格耿直诚实，眼里容不下沙子，对于一些不好的现象，他总是敢于对灵帝直言相谏。这样，他顶撞灵帝的次数多了，灵帝渐渐讨厌起他来。再加上灵帝身边的宦官也对他的正直又恨又怕，常常在灵帝面前进谗言说他目无皇上，骄傲自大，早晚会有谋反的可能，蔡邕的处境越来越危险。他自知已成了灵帝的眼中钉、肉中刺，随时有被加害的危险，于是就打点行李，从水路逃出了京城，远远来到吴地，隐居了起来。

　　蔡邕爱好音乐，他本人也通晓音律，精通古典，在弹奏中如有一点小小的差错，也逃不过他的耳朵。蔡邕尤擅弹琴，对琴很有研究，关于琴的选材、制作、调音，他都有一套精辟独到的见解。从京城逃出来的时候，他舍弃了很多财物，就是一直舍不得丢下家中那把心爱的琴，将它带在身边，时时细加呵护。

　　在隐居吴地的那些日子里，蔡邕常常抚琴，借用琴声来抒发自己壮志难酬反遭迫害的悲愤和感叹前途渺茫的怅惘。

　　有一天，蔡邕坐在房里抚琴长叹，女房东在隔壁的灶间烧火做饭，她将木柴塞进灶膛里，火星乱蹦，木柴被烧得"噼里啪啦"地响。

　　忽然，蔡邕听到隔壁传来一阵清脆的爆裂声，不由得心中一惊，抬头竖起耳朵细细听了几秒钟，大叫一声"不好"，跳起来就往灶间跑。来到炉火边，蔡邕也顾不得火势，伸手就将那块刚塞进灶膛当柴烧的桐木拽了出来，大声喊道："快别烧了，别烧了，这可是一块做琴的难得一见的好材料啊！"蔡邕的手被烧伤了，他也不觉得疼，惊喜地在桐木上又吹又摸。好在抢救及时，桐木还很完整，蔡邕就将它买了下来。然后精雕细刻，一丝不苟，费尽心血，终于将这块桐木做成了一张琴。这张琴弹奏起来，音色美妙绝伦，盖世无双。

　　这把琴流传下来，成了世间罕有的珍宝，因为它的琴尾被烧焦了，人们叫它"焦尾琴"。

　　灵帝不识人才，使蔡邕落魄他乡；而焦尾琴又何其有幸，遇到了蔡邕这样慧眼识良材的音乐专家，终于使一身英华得以展现。这两件事情形成了鲜明对比，告诉我们的道理却是一样的：要爱惜人才、尊重人才，要善于发现别人的才能并合理地使用，做到人尽其才。

11. 疥疮的美德

从前，有个叫陈大卿的人得了疥疮病，整天痒得他坐卧不安，别人也不大敢接近他。

一天，他的上司碰到了他，见他那副模样，便笑话他说："你可真舒服呀！"

陈大卿正儿八经地说："你别讥笑我。我这病可有五种美德，是其他的病所远远赶不上的呢。"

上司说："哪五种美德？"

陈大卿说："仁、义、礼、智、信，它都具备。"

上司问："此话怎讲？"

陈大卿不紧不慢地说道："你看，这疥疮不生在脸上，它为我保全了面子，这是仁；谁只要一接触到它，它便毫不吝啬地给予别人，传染迅速，这是义呀；它常常奇痒难耐，引得人又开手指去抓、去挠，这是讲礼呀；它不生在别处，专拣关节缝里长，扑朔迷离，不大好捉摸，这可是它的智；每隔一段时间，它便定时发痒，总在那几个时间来，不偏不离，这便是信。您说，这不正是它的五种美德吗？"

上司听了陈大卿这些话，也哈哈大笑起来。

陈大卿与上司的对话，其实是对封建统治阶级所鼓吹的"仁、义、礼、智、信"的讽刺，认为那不过是像疥疮一样的病症！

12. 无价之宝

有一天，西域来了一个经商的人将珠宝拿到集市上出售。这些珠宝琳琅满目，全都价值不菲。特别是其中有一颗名叫"珊"的宝珠更是引人注目。它的颜色纯正赤红，就像是朱红色的樱桃一般，直径有一寸，价值高达数十万钱以上，引来了许多人围观，大家都啧啧称奇，赞叹道："这可真是宝贝啊！"

恰好龙门子这天也来逛集市，见了好多人围着什么议论纷纷，便也带着弟子挤进了人群。龙门子仔仔细细地瞧了瞧宝珠，开口问道："珊可以拿来填饱肚子吗？"商人回答说："不能。"龙门子又问："那它可以治病吗？"商人又回答说："不能。"龙门子接着问："那能够驱除灾祸吗？"商人还是回答："不能。""那能使人孝悌吗？"回答仍是"不能"。龙门子说道："真奇怪，这颗珠子什么用都没有，价钱却超过了数十万，这是为什么呢？"商人告诉他："这是因为它产在很远很远没有人烟的地方，要动用大量的人力物力，历经不少艰险，吃不少苦头，好不容易才能得到它，它是非常稀罕的宝贝啊！"龙门子听了，只是笑了一笑，什么也没说便离开了。

龙门子的弟子郑渊对老师的问话很不解，不禁向他请教。龙门子便教导他说："古人曾经说过，黄金虽然是重宝，但是人生吞了它就会死，就是它的粉末掉进人的眼睛里也会致瞎。我已经很久不去追求这些宝贝了，但是我身上也有贵重的宝贝，它的价值绝不只值数十万，而且水不能淹没它，火也烧毁不了它，风吹日晒全都丝毫无法损坏它。用它可以使天下安定；不用它则可以使我自身舒适安然。人们对这样的至宝不知道朝夕去追求，却把寻求珠宝当作唯一要紧的事，这岂不是舍近求远吗？看来人心已死了很久了！"

龙门子所说的"至宝"，就是指人们自身的美德。只有高尚的道德品质、完美的精神生活，才是真正值得人们去追求的无价之宝。

13. 丑妇效颦

春秋时代，越国有一位美女名叫西施。她的美貌简直到了倾国倾城的程度。无论是她的举手、投足，还是她的音容笑貌，样样都惹人喜爱。西施略用淡妆，衣着朴素，走到哪里，哪里就有很多人向她行"注目礼"，没有人不惊叹她的美貌。

西施患有心口疼的毛病。有一天，她的病又犯了，只见她手捂胸口，双眉皱起，流露出一种娇媚柔弱的女性美。当她从乡间走过的时候，乡里人无不睁大眼睛注视。

乡下有一个丑女子，不仅相貌难看，而且没有修养。她平时动作粗俗，说话大声大气，却一天到晚做着当美女的梦。今天穿这样的衣服，明天梳那样的发式，却仍然没有一个人说她漂亮。

这一天，她看到西施捂着胸口、皱着双眉的样子竟博得这么多人的青睐，因此回去以后，她也学着西施的样子，手捂胸口、紧皱眉头，在村里走来走去。哪知这丑女的矫揉造作使她原本就丑陋的样子更难看了。其结果，乡间的富人看见丑女的怪模样，马上把门紧紧关上；乡间的穷人看见丑女走过来，马上拉着妻、带着孩子远远地躲开。人们见了这个怪模怪样模仿西施心口疼在村里走来走去的丑女人简直像见了瘟神一般。

这个丑女人只知道西施皱眉的样子很美，却不知道她为什么很美，而去简单模仿她的样子，结果反被人讥笑。看来，盲目模仿别人的做法是愚蠢的。

14. 感受内美

春秋时期，卫国有个名叫哀骀它的人，他的容貌虽然很丑陋，可不管是男人还是女人都非常喜欢和他交往，相处亲近随和，舍不得离去。有一些女人甚至说："与其做别人的妻子，还不如做他的小妾。"

他一无权位二无财产，也没有什么高深的理论和显赫的功绩，可是外表粗陋、其貌不扬的这位丑人却受到几乎所有人的喜爱和赞美，这使得鲁国的鲁哀公惊异不已，于是就派人把他从卫国请回鲁国加以考察。相处不到一个月，鲁哀公觉得他在平淡中确有不少过人之处，不到一年，就很信任他了。不久，宰相的位置空缺，鲁哀公便让他上任管理国事，可他却淡淡然无心做官，虽在再三要求下参议了国事，但不久他还是谢辞了高位厚禄，回到他在卫国的陋室中去了。

对此，鲁哀公求教于孔子："他究竟是怎样一种人呢？"孔子借喻道："我曾经在楚国看见一群小猪在刚死的母猪身上吃奶，一会儿都惊恐地逃开了，因为小猪发现母猪已不像活着时那样亲切。可见小猪爱母猪不是爱它的形体，而是爱主宰它形体的精神，爱它内在的品性。哀骀他这个人虽然外表不美，但他的品德和才情等内在之美必定已超越一般人很多，所以您和许多人才喜欢他。"

这个故事告诉我们，只有内在的美才可靠长久，值得追求和尊崇。虽然外在的容貌、身材、风采和权位、财产等也很吸引人，可内在的品德、学识、才能和真诚、自信等给人的感受则更有魅力。

15. 依人门户

从前，每逢新春佳节到来，人们都要在自家的门两旁贴上桃符，写上一些吉祥喜庆的话，为的是祈祷新的一年人丁兴旺，五谷丰登，做什么事都有好兆头。这些桃符一般都要贴到下一个新年才换掉。

到了端午节，各家各户又用艾草扎成一个人的形状挂在门框上方，利用艾草的气味来驱除蚊蝇害虫，消除毒气瘴气。

有一天，门边的桃符一抬头，看见门框上用艾草扎成的小人挂在那里，便十分生气，于是对艾草骂道："你是什么东西，竟敢占居我的上位？"

艾草弯腰看了看已经破旧褪色的桃符，不服气地说："你都已经半截身子埋进土里去了，还有什么脸来跟我争上位下位，你生来就只配在我的下面！"

桃符见小艾草人这么傲慢，更生气了，便又说："我起码是出自文人之手，和笔墨香味有联系，我的出身高雅。而你，来自田边野地的一把蒿草，用几截破绳一缠，配挂在我的上边么？自己也不瞧瞧自己是副什么模样！"

艾草人一点儿也不示弱，冷笑着说："管你高雅不高雅，瞧你风烛残年，主人早将你忘了，眼下注重的却是我……"

就这样，桃符和艾草你一句我一句，彼此争辩不休，他们吵闹的声音越来越大，以至于惊动了门神。门神出来劝解正在争论的桃符和艾草人，他说："两位兄弟，我看还是不要再争吵了吧。我们这等人，本来就没什么大本事，现在只不过是依附在人家的门户上才得以安身混日子，还怎么好意思去争什么高低上下呢？"

一番话，说得桃符和艾草人都惭愧地低下了头。

那些本来就没什么大本事、也没什么才干的人，往往看不见自己的短处，却偏偏还要互相攀比争待遇，实在是可笑得很。

16. 龙王与青蛙

龙王住在海底深处，传说它是水族中的至尊，水中一切动物都是它的臣民；龙王还能呼风唤雨，它的一举一动都会给民间百姓带来很大影响，因此，民间百姓虽不是水族动物，也同样对龙王顶礼膜拜。

一天，龙王出外巡游，在海滨遇上了一只青蛙。龙王和青蛙相互致以问候以后，便友好地攀谈起来。

青蛙问："龙大王您居住的地方是怎样的呀？"

龙王说："我住在宫殿里，那不是一般的宫殿，那是海底宫殿，是用珍珠宝贝建造的，里面珠光宝气、金碧辉煌。"

接着龙王又问青蛙说："那么你居住的地方又是什么样子呢？"

青蛙回答说："我住的地方嘛，在山间小溪边，那里有绿色的苔藓和碧绿的青草，还有清亮的泉水和洁白的山石，简直美丽极啦！"说着，青蛙高兴起来，便问龙王道："龙大王，您高兴和发怒的时候是怎样的呢?"

龙王说："我高兴的时候，就给人间适时降下滋润的雨水，使五谷丰登；我发怒的时候，就刮起暴风，使天地间飞沙走石，然后，再加以霹雷闪电，使得千里之内寸草难留。"说完，龙王又问青蛙说："不知你在高兴和发怒的时候是怎样的?"

青蛙回答说："我跟龙大王您完全不一样。我高兴了，就在风清月明的夜晚亮起我的歌喉，一个劲地'呱呱'鸣叫，唱上一阵；我要是发怒了，就先睁大眼睛凸出眼珠子，接着便鼓胀起我的肚子，表示我的气愤，最后把肚子这么胀过以后也就罢了。我就这么大能耐。"

其实，世上万事万物间的差别是很大的，有多大能力就干多大的事情、起多大的作用，因此没必要强求一个标准、一种模式，还是根据各自力所能及的实际情况办事为好。

17. 不识自己的字

宋朝有个丞相叫张商英，他有个爱好就是书法，他特别喜欢写草书，闲来无事，他便提笔龙飞凤舞一阵，甚是得意。其实，这张丞相的书法很不到家，字写得不合体统，他还孤芳自赏。当时，很多人都讥笑他，而他却不以为然，依然是我行我素，按他的老习惯写字。

一天饭后，张丞相小憩片刻，突然来了诗兴，偶得佳句，便当即叫小童磨墨铺纸，张丞相提起笔来，一阵疾书，满纸是一片龙飞蛇走，让人还着实难以辨认。张丞相写完后，摇头晃脑得意了好一阵，似乎还意犹未尽。于是叫来他的侄子，让侄子把这些诗句抄录下来。

丞相的侄子拿过纸笔，准备用小楷将诗句录下，可是他好半天才能辨认出一个字，时时碰到那些笔划曲折怪异之处，侄子只好连猜带蒙。可是有些地方，他实在是怎么也看不懂，不知从哪里断开才对。他没办法，只好停下笔来，捧着草稿去问张丞相。

张丞相拿着自己的大作，仔细看了很久，也辨认不清，自己写的字自己都不认识了。

他心里颇有些下不了台，便责骂侄子说："你为什么不早些来问呢？我也忘记是写的什么了！"

有些人总爱自以为是，既不虚心，又爱坚持自己的错误，还强词夺理为自己辩护，结果是越显出自己的愚蠢可笑。

18. 惧老休妻

有一个叫陶邱的人住在平原郡，他娶了渤海郡墨台氏的女儿做妻子。这位女子不但容貌十分美丽，而且很有才华，为人温柔贤慧，亲戚邻居没有不羡慕的。陶邱也感到心满意足，一家人过得十分幸福。

一年后，他们养了个儿子，家中更是充满了乐趣。一天，妻子对丈夫说：

"自从嫁到你家，这一年多我从没回过一次娘家，我很是想念母亲和娘家的人，我们是不是择个日子，回一趟娘家，顺便也把孩子带给他们瞧瞧?"

丈夫想了想,说:"也是,应该去见见岳母。"

于是一家三口人选了个日子,雇了车马一路上风尘仆仆到了渤海郡。到了墨台氏妻子家里,娘家人见了女儿、女婿和小外孙,都非常高兴,杀鸡宰羊招待。岳母丁氏已是70多岁的老妇人,自然行动迟缓,步履蹒跚,满脸皱纹交错,说话也不灵巧了。岳母上前见过女婿便回房休息去了。

几天后,陶邱带着妻子和儿子回家。一回到家就把妻子休了。

妻子感到十分诧异,便问丈夫:

"不知我有什么过错,夫君要休我回家。"

丈夫陶邱说:

"前几天到你家去,见了你母亲真叫我伤心,她年龄老了,满脸老气横秋,德行礼节都不讲了,已不能与过去相比。我担心你老了以后也会变成这副模样,倒不如现在就把你休了。再也没有别的原因了。"

妻子听了,哭笑不得。后来,亲戚和邻居知道了这件事,都骂陶邱愚蠢至极。

这位丈夫实在是庸人自扰,为担心遥远的将来而放弃现实中的美好,这不是太愚蠢了吗?

19. 编栅栏选料最难

历史上的君王大都爱马,无论是征战、游猎时的胯下坐骑,还是辎重、农事上的役用,都需要慓悍精良的骏马。

有一天，齐桓公在管仲的陪同下，来到马棚视察养马的情况。他一见养马人就关心地询问："马棚里的大小诸事，你觉得哪一件事最难？"养马人一时难以回答。其实，在养马人心中是十分清楚的：一年365天，打草备料，饮马溜马，调鞍理鞯，接驹钉掌，除粪清栏，哪一件都不是轻松的事！可是在君王面前，一个养马人又怎好随意叫苦呢？管仲在一旁见养马人尚在犹豫，便代为答道："从前我也当过马夫，依我之见，编排用于拴马的栅栏这件事最难。为什么呢？因为在编栅栏时所用的木料往往曲直混杂。你若想让所选的木料用起来顺手，使编排的栅栏整齐美观，结实耐用，开始的选料就显得极其重要。如果你在下第一根桩时用了弯曲的木料，随后你就得顺势将弯曲的木料用到底。像这样曲木之后再加曲木，笔直的木料就难以启用。反之，如果一开始就选用笔直的木料，继之必然是直木接直木，曲木也就用不上了。"

管仲虽然说的是编栅栏建马棚的事，但其用意是在提醒齐桓公，要把编栅栏选料与兴社稷用人联系起来，在选拔肩负重任的人才时，必须慎重行事，从一开始就把握正直的标准，以便永远按这样的标准选贤任能。

20．抱瓮老人

孔子的学生子贡到南边的楚国旅游。他在返回晋国经过汉水南边时，看到一位老人正在给菜园里的蔬菜浇水。那位老人挖了一条渠道，一直通到井边。老人抱着一个大水罐，从井里汲水。水沿着渠道一直流到菜园子里。他不停地用水罐汲水，累得上气不接下气。虽然他费了很大的力气，但是工效却很低。

于是，子贡走过去对老人说："老人家，现在有一种机械，用它来浇地，一天可以浇一百畦呢，用不着费很大的力气但工效却很高，您不想使用它吗？"

浇水的老人抬起头，看了看子贡说："你说的是什么东西？"

子贡十分认真地对老人说："将木头砍凿加工，做成一种机械，让它的后面重，前面轻，用它来提水，就像把水从井里连续不断地抽吸出来一样，水流得很快，哗哗地卷起的浪花简直像开水翻滚一样。这种机械的名字叫做槔。"

浇水的老人听了子贡的话却愤愤然变了脸色。他不以为然地讥笑说："我听师傅说过，世上如果有取巧的机械，就一定会有投机取巧的事情；有投机取巧的事情，就一定会有投机取巧的思想。一个人一旦有了投机取巧的思想，就会丧失纯洁的做人的美德；丧失了纯洁的美德，人就会性情反常；而一个人要是性情反常的话，他就会和社会、自然不合拍，成为一个与天地自然社会不相容的人。你所说的那一种机械我并不是不知道，只是因为我觉得使用它，就是在干投机取巧的事，而做投机取巧的事是很可耻的。"

子贡听了这个老人的一番话，像自己做了什么错事一样，难为情地一时说不出话来。

这个抱瓮老人所说的一番道理，看起来有一些逻辑推理的正确性，然而他在机械效用上借题发挥，把刁钻、险恶与机敏、智慧混为一谈的做法则是错误的。这则寓言告诉我们，在新事物面前抱残守缺的人，做起事来不但吃力不讨好，而且还会被后人笑话。

21. 庖丁解牛

这一天，庖丁被请到文惠君的府上，为其宰杀一头肉牛。只见他用手按着牛，用肩靠着牛，用脚踩着牛，用膝盖抵着牛，动作极其熟练自如。他在将屠刀刺入牛身时，那种皮肉与筋骨剥离的声音，与庖丁运刀时的动作互相配合，显得是那样的和谐一致，美妙动人。他那宰牛时的动作就像踏着商汤时代的乐曲《桑林》起舞一般，而解牛时所发出的声响也与尧乐《经首》十分合拍。

站在一旁的文惠君不觉看呆了，他禁不住高声赞叹道："啊呀，真了不起！你宰牛的技术怎么会有这么高超呢？"

庖丁见问，赶紧放下屠刀，对文惠君说："我做事比较喜欢探究事物的规律，因为这比一般的技术技巧要更高一筹。我在刚开始学宰牛时，因为不了解牛的身体构造，眼前所见无非就是一头头庞大的牛。等到我有了 3 年的宰牛经历以后，我对牛的构造就完全了解了。我再看牛时，出现在眼前的就不再是一头整牛，而是许多可以拆卸下来的零部件了！现在我宰牛多了以后，就只需用心灵去感触牛，而不必用眼睛去看它。我知道牛的什么地方可以下刀，什么地方不能。我可以娴熟自如地按照牛的天然构造，将刀直接刺入其筋骨相连的空隙之处，利用这些空隙便不会使屠刀受到丝毫损伤。我既然连骨肉相连的部件都不会去硬碰，更何况大的盘结骨呢？一个技术高明的厨师因为是用刀割肉，一般需要一年换一把刀；而更多的厨工则是用刀去砍骨头，所以他们一个月就要换一把刀。而我的这把刀已经用了 19 年了，宰杀过的牛不下千头，可是刀口还像刚在磨刀石上磨过一样的锋利。这是为什么呢？因为牛的骨节处有空隙，而刀口又很薄，我用极薄的刀锋插入牛骨的间隙，自然显得宽绰而游刃有余了。所以，我这把用了19年的刀还像刚磨过的新刀一样。尽管如此，每当我遇到筋骨交错的地方，也常常感到难以下手，这时就要特别警惕，瞪大眼睛，动作放慢，用力要轻，等到找到了关键部位，一刀下去就能将牛剖开，使其像泥土一样摊在地上。宰牛完毕，我提着刀站立起来，环顾四周，不免感到志得意满，浑身畅快。然后我就将刀擦拭干净，置于刀鞘之中，以备下次再用。"

文惠君听了庖丁的这一席话，连连点头，似有所悟地说："好啊，我听了您的这番金玉良言，还学到了不少修身养性的道理呢！"

这个故事告诉人们：世间万物都有其固有的规律性，只要你在实践中做有心人，不断摸索，久而久之，熟能生巧，事情就会做得十分漂亮。

22. 不材之木

有位工匠名叫匠石，他前往齐国，来到曲辕的地方，看见一株大树生长在土神庙旁。这株树的树阴可以遮盖几千头牛；树身有百尺粗，树干高过山头八十尺后才有枝叶，可用来造船的旁枝就有十几枝。围观这株巨树的人多得像到市场赶集。

奇怪的是，匠石竟视而不见，不屑一顾。他不住脚地往前赶路。徒弟们大开眼界，却不明白师傅的态度，追上匠石问个究竟："自从我们跟随师傅走南闯北学手艺，从来没有碰见这样好的木材，您为什么一点也不看重它?"

匠石回答:"不要夸这棵树了,它是脆而不坚的树木,造船沉,做棺材会很快腐烂,制成柱子会被虫蛀,打成器具会毁掉,造门会流出污浆。"匠石把它说得一无是处,认定它是不能做材料的树木,正因为没有用,所以才长得这么大,有这么长的寿命!

貌似强大的事物往往华而不实。看问题、观察事物不能被表面所迷惑,要透过现象看清本质,否则,就会作出错误的判断。

23. 识别踢人的马

伯乐是我国古代最善于识别马的人,他擅长相马的名声家喻户晓。

有两个人慕名从很远的地方来到伯乐身边,拜伯乐为师,专门学习相马的本领。伯乐将自己识别马的诀窍讲给他们听,同时又带他们四处实践,观察、识别各种各样的马。

这一天,伯乐带着这两个人一起到赵简子的马厩里去看马,要他们说出其中爱踢人的马来。其中一个人仔细观察了一会儿,指着一匹马说:

"这就是一匹爱踢人的马。"

另一个人则用手去摸马的屁股。他连续摸了三遍,这马依然站在那里,不仅没有踢人,甚至连一点焦躁不安的反应也没有。

那个人见马很驯服,觉得很难为情,他以为自己看错了。摸马的人见他对自己正确的看法产生了动摇,便对他解释说:"其实你并没有看错。这匹马的确是一匹踢人的马。我摸它的时候,它没有踢我，是因为这马受了伤。它的肩部疲塌，是筋骨劳损的表现；前腿膝关节肿胀说明这马失过前蹄。而马在踢人的时候，通常要举起后腿，这时，马全身的重量全部落在前腿上。一匹肩部和前腿膝关节受了伤的马难以承受自己身体的重量，所以后腿抬不起来，它也就难以踢人了。你善于识别踢人的马，可是却不善于发现马身上的伤痛。"

这篇寓言告诉我们，无论是相马、看人，还是判断其他事物，都要全面地了解情况，注意分析各种现象之间的内在联系，否则将会得出错误的结论。

24. 买椟还珠

一个楚国人，他有一颗漂亮的珍珠，他打算把这颗珍珠卖出去。为了卖个好价钱，他便动脑筋要将珍珠好好包装一下，他觉得有了高贵的包装，那么珍珠的"身份"就自然会高起来。

这个楚国人找来名贵的木兰，又请来手艺高超的匠人，为珍珠做了一个盒子（即椟），用桂椒香料把盒子熏得香气扑鼻。然后，在盒子的外面精雕细刻了许多好看的花纹，还镶上漂亮的金属花边，看上去，闪闪发亮，实在是一件精致美观的工艺品。这样，楚人将珍珠小心翼翼地放进盒子里，拿到市场上去卖。

到市场上不久，很多人都围上来欣赏楚人的盒子。一个郑国人将盒子拿在手里看了半天，爱不释手，终于出高价将楚人的盒子买了下来。郑人交过钱后，便拿着盒子往回走。可是没走几步他又回来了。楚人以为郑人后悔了要退货，没等楚人想完，郑人已走到楚人跟前。只见郑人将打开的盒子里的珍珠取出来交给楚人说："先生，您将一颗珍珠忘放在盒子里了，我特意回来还珠子的。"于是郑人将珍珠交给了楚人，然后低着头一边欣赏着木盒子，一边往回走去。

楚人拿着被退回的珍珠，十分尴尬地站在那里。他原本以为别人会欣赏他的珍珠，可是没想到精美的外包装超过了包装盒内的价值，以致于"喧宾夺主"，令楚人哭笑不得。

郑人只重外表而不顾实质，使他作出了舍本求末的不当取舍；而楚人的"过分包装"也有些可笑。

25. 明年再不偷鸡

春秋时期，宋国大夫戴盈之在一次同孟子的谈话中，谈到了如何治理国家的事。孟子提出了民众的疾苦问题，除了灾荒给百姓造成的困苦外，捐税对百姓的负担也是很重的。他们谈着，谈着，戴盈之也承认了这一事实，并且表示：愿意取消部分捐税，但是真正取消这部分捐税今年还不能做到，要到明年才能取消，今年只能够减轻部分捐税。孟子听了戴盈之的讲话后，沉思了一会儿，他知道戴盈之只是口头上表示要取消捐税，并不是真正的愿意取消部分捐税。孟子为了劝说戴盈之，便讲了一个故事：

有这么一个人，他每天都要偷邻居家的鸡。邻居后来知道了是他偷的鸡，对这个人的意见特别大。有人去劝告这个偷鸡的人说："偷盗行为是可耻的。你这样每天偷别人家的鸡是不道德的行为，应该及早改正。从现在起，你再不要偷别人家的鸡了。"这个偷鸡的人听到后却回答说："好吧，我也知道这不好。这样吧，请允许我少偷一点，原来每天偷，以后改为每月偷一次，而且只偷一只鸡，到了明年，我再不偷就是了。"

如果知道了偷盗是不合乎礼义的事，就应该迅速停止偷窃，痛改前非，为什么非要等到明年呢？

这篇寓言故事讽刺了那些明知道自己错了，却故意拖延时间，不肯及时改正的人。

26. 五十步笑百步

梁惠王好驱使百姓与邻国打仗。有一次梁惠王召见孟子，问道："我在位，对于国家的治理，可以说是尽心尽意的了。河内常年发生灾荒，收成不好，我就把那里的一部分老百姓迁移到收成较好的河东去，并把收成较好的河东地区的一部分粮食运到河内来，让河内发生灾荒地区的老百姓不致于饿死。有时河东遇上灾年，粮食歉收，我也是这样，把其他地方的粮食调运到河东来，解决老百姓的无米之炊。我也看到邻国当政者的做法，没有哪一个像我这样尽心尽意替自己的老百姓着想的。然而，邻国的百姓没有减少，而我的百姓也没有增多，这是什么原因呢？"

孟子回答说："大王喜欢打仗，我就用打仗来打个比方吧。战场上，两军对垒，战斗一打响，战鼓擂得咚咚地响，作战双方短兵相接，各自向对方奋勇刺杀。经过一场激烈拼杀后，胜方向前穷追猛杀，败方就有人丢盔弃甲，拖着兵器逃跑。那逃跑的士兵中有的跑得快，跑了一百步停下来了；有的跑得慢，跑了五十步停下来了。这时，跑得慢的士兵却为自己只跑了五十步就嘲笑那些跑了一百步的士兵是胆小鬼，您认为这种嘲笑是对的吗？"

梁惠王说："不对，他们只不过没有跑到一百步罢了，但是这也是临阵脱逃啊！"

孟子说："大王如果明白了这其中的道理，那么就无须再希望您的国家的老百姓比邻国多了。"

这篇寓言故事说明：看事物应当看到事物的本质与全局，不能只看表面和局部。邻国国君不管灾荒年间老百姓的生活，是不爱百姓的国君。梁惠王常调动百姓去打仗，致使民不聊生，仍然是不爱百姓的国君。

27. 拔苗助长

田野里，大片大片的庄稼沐浴着阳光雨露，苗壮成长，一派勃勃生机。也许你看不出庄稼每天都在长，但它却是实实在在的长高了起来。

有一个宋国人靠种庄稼为生，天天都必须到地里去劳动。太阳当空的时候，没个遮拦，宋国人头上豆大的汗珠直往下掉，浑身的衣衫被汗浸得透湿，但他却不得不顶着烈日躬着身子插秧。下大雨的时候，也没有地方可躲避，宋国人只好冒着雨在田间犁地，雨打得他抬不起头来，和着汗一起往下淌。

就这样日复一日，每当劳动了一天，宋国人回到家以后，便累得一动也不想动，连话也懒得说一句。宋国人觉得真是辛苦极了。更令他心烦的是，他天天扛着锄头去田里累死累活，但是不解人意的庄稼，似乎一点也没有长高，真让人着急。

这一天，宋国人耕了很久的地，坐在田埂上休息。他望着大得好像没有边的庄稼地，不禁一阵焦急又涌上心头。他自言自语地说："庄稼呀，你们知道我每天种地有多辛苦吗？为什么你们一点都不体谅我，快快长高呢？快长高、快长高……"他一边念叨，一边顺手去拔身上衣服的一根线头，线头没拔断，却出来了一大截。宋国人望着线头出神，突然，他的脑子里蹦出一个主意："对呀，我原来怎么没想到，就这么办！"宋国人顿时来劲了，一跃而起开始忙碌……

太阳落山了，宋国人的妻子早已做好了饭菜，坐在桌边等他回来。"以往这时候早该回来了，会不会出了什么事？"她担心地想。忽然门"吱呀"一声开了，宋国人满头大汗地回来了。他一进门就兴奋地说："今天可把我累坏了！我把每一根庄稼都拔出来了一些，它们一下子就长高了这么多……"他边说边比划着。"什么？你……"宋国人的妻子大吃一惊，她连话也顾不上说完，就赶紧提了盏灯笼深一脚浅一脚地跑到田里去。可是已经晚了，庄稼已经全都枯死了。

自然界万物的生长，都是有自己的客观规律的，人无力强行改变这些规律，只有遵循规律去办事才能取得成功。愚蠢的宋国人不懂得这个道理，急功近利，急于求成，一心只想让庄稼按自己的意愿快长高，结果落得一个相反的下场。

28. 疑邻偷斧

从前，在乡下有一个人，他在自家的地窖中储存种子的时候，将一把斧头忘了从地窖中带出来。几天以后，他在又要用斧头时，才发现自家的斧头已经丢失了。放在自己家的斧头到哪里去了呢？他在自己家的门后面，桌子下面，堆柴草的房里到处找遍了，还是没有找到，他就怀疑是他邻居家的儿子偷去了。到底是不是邻居家的儿子偷了呢？没有证据不能乱讲。于是，他仔细地观察邻居家那个儿子，觉得是他偷了斧头了。看他那走路的样子，很像是偷了斧头的，不仅如此，连他的神态、动作、表情也像，甚至他说话时的声调，都像是偷了斧头一样。总之，越看越像，几乎可以肯定，就是他偷了我家的斧头了！

又过了几天，这个人又要到地窖去储存物品了。当他挖开地窖门，下到地窖里的时候，发现了自家那把不见了好多天的斧头正躺在自家的地窖里。

到了第二天，这个人再去看邻居家的儿子的时候，他的一举一动，一言一行，就连笑的神态，一点儿也不像是偷斧头的样子了。

这篇故事告诉人们：遇到问题要调查研究再作出判断，绝对不能毫无根据地瞎猜疑。疑神疑鬼地瞎猜疑，往往会产生错觉。

29. 不龟手之药

宋国有个人善于炮制防止冻裂的不龟手之药，他的家族靠着这个祖传秘方，世世代代以漂洗丝絮为业，始终勤勤恳恳，披星戴月，但由于收入菲薄，生活总是很贫困。

有位远道而来的客人，听说有不龟手之药的秘方，愿以百金求购。这可是个大数目！不龟手之药的主人动心了。但想到祖传的秘方要卖出去，也是件大事，于是集合全家族的成员共商转让之事。大家七嘴八舌一番议论，最后总算统一了思想：祖祖辈辈以漂洗丝絮为生，收入太少，今天一旦出售药方，可以获取大笔金钱，何乐而不为？于是全体成员一致同意把药方卖出去。

客人得到秘方以后，立即奔赴吴国，对吴王说，今后将士在寒冬打仗，再也不用为冻手犯难了。不久，越国大军压境，吴国告急，吴王委任此人统帅大军。此时正值严冬，吴越两军又是进行水战。由于吴军将士涂抹了不龟手之药，战斗力特别旺盛，因而大胜越军。班师回朝后，吴王大喜过望，颁诏犒赏三军，同时将献药之人视为有特殊贡献的统帅，割地封赏嘉奖他。

同样是这个不龟手之药，宋国人世世代代用来漂洗丝絮，结果始终贫困交加；而吴国用来作战，则可以战胜敌国。由此可见，同样一个事物，由于使用方法和对象不同，其结果和收效也会大不一样。

30. 浇水与添薪

战国时代有个哲学家名叫巫马子，他有一次对墨子说："您提倡兼爱哲学，主张世界上所有的人都应当团结友爱、平等相待，可是却没能给别人带来什么直接的好处；我主张各人顾各人，人人自行其是，独来独往，也没听说伤害了谁。我们两人迥然不同的哲学主张，目前都还没有显示出其应有的社会效果来，可是为什么您总是认为只有自己的理论是对的，而要全盘否定我的理论呢？"

墨子并没有正面回答巫马子的提问，而是另外举了一个例子。他说："假如现在有人在这里放火，一个人看到后赶紧去提水，准备把火浇灭；而另一个人则打算往火里添柴，希望这火势越烧越旺。不过，这两个人现在仅仅只是在心里这样想，一时还未付诸行动。那么请问，您对这两个人作何评价呢？"

巫马子不假思索地回答："我当然认为那个准备提水灭火的是好人，而想在火上添柴的人则是居心叵测，需要提防的。"

墨子于是笑了，他说："对呀！这就说明我们议人论事不能忽视其动机。而今，我主张兼爱天下的动机是好的，所以我肯定它；而您主张不爱天下的动机则令人费解，所以我当然要否定它。"

墨子与巫马子的这场论辩证明：在一般情况下，人们判断一件事的好坏，当然主要是看其所产生的社会效果。但有时当某人的计划、打算尚未付诸实行时，我们也可以从他提出的这一计划、打算的动机出发，推断其效果的好坏。这就是哲学上的动机与效果的统一论。

31. 蛤蟆与晨鸡

墨子有个学生叫子禽，有一次他问墨子："老师，您认为多说话有好处吗？"

墨子回答说："你看那生活在水边的蛤蟆、青蛙，还有逐臭不已的苍蝇，它们不分白昼黑夜，总是叫个不停，以此来显示自己的存在。可是，它们即使叫得口干舌燥、疲惫不堪，也没有谁会去注意它们到底在叫些什么，人们对这些声音早已是充耳不闻了。现在你再来看看这司晨的雄鸡，它只是在每天黎明到来的时候按时啼叫，然而，雄鸡一唱天下白，天地都要为之振动，人人闻鸡开始新一天的劳作。两相对比，你以为多说话能有什么好处呢？只有准确把握说话的时机和火候，努力把话说到点子上，这样才能引起人们的注意，收到预想的效果啊！"

子禽听了墨子的这番教诲，频频点头称是。

其实，在我们的现实生活中，那些像蛤蟆、青蛙和苍蝇一样，不顾时间、地点与场合，整日喋喋不休，废话连篇的人还是不少的。他们应当从这篇寓言中吸取教训，改掉夸夸其谈的坏毛病，向司晨的雄鸡学习，顺应时势，尊重规律，恪尽职守，多干实事，少说空话。

32. 虎惧驳马

有一次齐桓公骑马出游，来到野外山林之中，忽见远处有一只老虎挡道。齐桓公正打算绕道前行时，不想那只老虎倒先伏在了地上，竟然一动也不敢动。于是，齐桓公一行得以从老虎身边飞驰而过，打猎满载而归。

齐桓公回宫后，便问管仲："今天我骑马外出，老虎见了我竟吓得不敢往前走了，这是什么原因呢？"

管仲答道："我想，您可能骑的是一匹毛色驳杂的高头大马，迎着正在升起的太阳奔跑吧？"

齐桓公赶紧点头："正是这般情景。"

管仲于是分析说："这种马飞驰起来很像一种叫作'驳'的猛兽，而驳是专以虎豹为食的。那只老虎以为您骑的是驳，它又怎么能不害怕呢？"

这则寓言说明，老虎被像驳之马的外表所迷惑，因而作出了错误的判断，于是将自己给吓住了。聪明的人类则应学会透过现象看到本质，从而使自己的认识一步步地接近于客观的实际。

33. 金钩桂饵

在春秋时代的鲁国，有个人非常喜欢钓鱼，他在自己的钓具和饵料上花了不小的功夫：他用馥郁芬芳的名贵香料肉桂制成鱼饵，用黄金打造出极其精致的鱼钩，并且在鱼钩四周镶嵌上白银丝线和青绿色的美玉，而钓鱼线则用极其珍贵的翡翠鸟的羽毛来装饰。

每当钓鱼的时候，他总是早早地来到小河边，找好一个位置，摆好架势，正襟危坐。如果单从他手持钓竿的姿势和选择的钓鱼位置来看，毫无疑问都是极其标准规范的，甚至还能显示出钓者的某种优雅和闲适来。然而他即使这样坐上一天，直至傍晚收竿时，别人往往都能满载而归，而他钓得的鱼却没有几条，有时甚至空手而返。

鲁国人钓鱼的故事告诉人们：做任何事情，如果只将注意力单纯放在外在的形式上，而忽视了其实际的效用，过分追求搭花架子装点门面，这是很难有所收获的。

34. 马车夫的故事

齐国的相国晏子有一次外出时，乘坐的马车正好经过马车夫的家门。马车夫的妻子得到了这一信息后，便在家中打开一条门缝，向外观望。她本来只是为了目睹一下当朝相国的风采，却不想同时看到了自己的丈夫在替相国驾车路过家门时，竟是那样神气活现地坐在车前的大伞盖下，洋洋得意地挥舞手中的鞭子，目无行人，昂然前进，好像替相国驾车，自己也成了相国似的。

晚上，马车夫回到家中，白天那种自我陶醉的情绪还没有消失呢，妻子就闹着要与他离婚。这真是一个晴天霹雳，一下子将马车夫打入了五里雾中，半天摸不着头脑。他百思不得其解地追问妻子闹离婚的缘由，妻子余怒未消地说：

"晏子是齐国的当朝相国，学问名望在各国诸侯大臣中间有口皆碑，如雷贯耳。可是，今天我看他坐在车上，仪表端庄，态度谦和，思想深沉，令人起敬。而你只不过是给他驾车的一个马车夫而已，却在车上趾高气扬，不可一世，自以为多么了不起，在赶车时竟不把路人百姓放在眼中。像你这样胸无大志的人，将来怎么会有出息呢？所以，我要与你离婚！"

妻子的一番数落，使马车夫发现了自己的浅薄和无知，顿感羞愧万分，无地自容。他从此以后，彻底改变了自己的生活态度，不仅勤奋好学，而且谦虚谨慎，终于用实际行动赢得了妻子的谅解。

马车夫的变化引起了晏子的注意，他好奇地探询其中的奥秘。马车夫坦诚地将妻子的批评和自己的决心和盘托出，令晏子十分感动。他不仅欣赏马车夫的妻子志存高远、超凡脱俗的境界，而且赞佩马车夫知错即改、从善如流的精神。后来，晏子果然在齐国国君的面前，推荐这位马车夫做了大夫。

马车夫的故事说明：只有无知无志之人才会盲目骄傲，而勇于正视自身的缺点并能认真加以改正的人，一定会有出息。

35.　邯郸学步

战国时候，燕国有个青年人，他听说赵国都城邯郸的人特别有风度，他们走起路来，不紧不慢，又潇洒又优雅，那姿势特别好看。于是这位燕国青年决定要去赵国学邯郸人走路的姿势。他不顾家人的反对，带上盘缠，跋涉千里，专程赶到邯郸一心要学邯郸人走路的样子。

他来到大街上，看着来来往往的人群，看得他都发了呆，不知该怎样迈开步子。这时，迎面走来一个人，年龄和这位燕国青年相仿，那走路的样子实在令人羡慕。于是等那人走过，燕国青年便跟在他后面模仿，那人迈左脚，燕国青年也迈左脚，那人迈右脚，燕国青年也迈右脚，稍一不留心，他就搞乱了左右，搞得他十分紧张，哪还顾得了什么姿势。眼看那人越走越远，燕国青年渐渐跟不上了，他只好又回到原地。接着他又盯住了一个年纪稍大的人，他又跟在别人身后亦步亦趋地学走路，引得街上的人都停下脚步观看，有的人还捂着嘴笑。几天下来，他累得腰酸腿疼，但学去学来总是学不像。

燕国青年心想，学不好的原因肯定是自己原来走惯了的老姿势和步法，于是，他下决心丢掉自己原来的习惯走法，从头开始学习走路，一定要把邯郸人的步法学到手。

可是，一连过了好几个月，燕国青年越学越差劲，不仅连邯郸人的走法没学会，而且还把自己原来是怎么走路的也全忘了。眼看带来的盘缠已经花光，自己一无所获，他十分沮丧，于是只好回家了。可是他又忘了自己原来是怎样走路的，竟然迈不开步子了。无奈，燕国青年只好在地上爬着回去，那样子好不狼狈。

看起来，生搬硬套的学习方法是不可取的，不但没学到别人的，反而连自己原有的也给丢了，真是大可不必。

36. 人穷志不短

春秋时候，吴国的公子季礼一人出外漫游。这天，他来到一个地方，正走着，忽然发现不知谁遗失的一串钱躺在路中央。季礼想把钱拾起来，但又觉得弯腰去捡钱有失身份，这种事不应该由我这样的贵公子去做。他一边想着一边朝四面张望，看有没有人走过来。

刚巧，当时正有一个打柴的人担着柴禾从前边过来了。季礼心想，叫这人把钱捡去，他一定会十分感激，他挑的那两捆柴还未见得值得这么多钱哩。

等那打柴人走到跟前，季礼看清了他身上竟然还穿着冬天的皮袄，而眼下正是初夏五月，虽还不十分炎热，但穿着皮袄也是够呛的，季礼认为这人一定很贫穷，让他把钱捡去正好。

于是季礼大声朝打柴人喊道 "喂，你快来把地上的钱拾起来。"

打柴人一看季礼那个样子，感到很生气，他把镰刀往地上一扔，摆着手，朝季礼瞪大眼睛说："你是谁？凭什么居高临下看不起人？我既然能在炎热的夏天穿着皮袄去打柴，难道我会是个贪图钱财的人吗？"

季礼一听打柴人的话，心里不免有几分敬意，连忙向他道歉说："实在对不起，是我错看了人，请不要见怪！请问先生高姓大名？"

打柴人鄙夷地朝季礼淡淡一笑道："你这人见识短浅，只会从表面上看问题，还那么盛气凌人，我有什么必要对你说出我的姓名呢？"说着，打柴人头都没回，也不再理睬季礼，拿起镰刀，对地上的钱连看都没看一眼就走了。

季礼看着打柴人渐渐远去的背影，惭愧不已。

有些人常常凭自己的浅薄见识去衡量别人，实在未免有点"以小人之心度君子之腹"了。

37. 满奋畏寒

晋朝初年，有个名叫满奋的人，长得身材高大魁梧，似乎体格十分健壮。其实满奋非常怕冷，遇到刮风下雨的天气，他总是穿得多多的，还缩着脖子笼着双手，恨不得整个人都缩到衣服里面去。他家里从深秋时候便生起炉子来烤火，一到冬天，他更是成天都坐在炉火边，能不出去就不出去。

一个深秋的早晨，夜里刚下过霜，屋顶的瓦片上，树的枝干上，都铺了厚厚的一层霜。狂风呼啸，黄叶在风中旋转、飞舞，寒意逼人，直侵入人的骨髓。

即位不久的晋武帝派人来宣召满奋马上入宫去议事。满奋忙不迭地穿上一件又一件厚衣服，一出府门就赶紧一头钻进了蒙着厚厚的轿帘的轿子中去了。

到了宫中，晋武帝让满奋在靠南的位置上坐下，然后就开始和他商谈朝政。说了一会儿话，晋武帝忽然发现满奋紧皱双眉，浑身打颤，嘴唇更是筛糠般抖得厉害，脸色也很不好看，就很关切地问他说："你是不是身体不舒服？如果有什么病的话，就先回家去休息吧。"

满奋哆哆嗦嗦地指着北窗说道："陛下，今天刮起了大风，臣觉得十分寒冷。"

晋武帝回过头来看了看北窗，北窗上面装的是玻璃屏，透过玻璃屏可以看见外面的树枝被风吹得摇晃得厉害，黄叶漫天飘飞，但是风却没有办法透进来。晋武帝不禁笑了起来，对满奋说："那里装的是玻璃屏，外面就算风再大，也根本吹不进来，你怎么会觉得冷呢？"

满奋听了很不好意思，红着脸解释道："臣听说南方一带的牛怕热，看到月亮也以为是太阳，于是就热得喘起气来。臣一向怕冷，看见树枝在寒风里摇晃就好像南方的牛见到月亮也会喘气一样感到寒冷无比，以至于会发起抖来，请陛下恕臣失礼。"

晋武帝听了这话，想了想觉得挺有道理，就没有怪罪满奋，又和他谈了一会儿话以后就让他回去了。

南方的牛看见月亮热得喘气和满奋见树枝摇晃冷得发抖都是一个道理：见到与某些印象极深的相关事物就会产生条件反射，作出与见到前者相同的反应。可见我们在看到相似的现象时，不要只考虑表面现象就轻易下结论，而应该仔细地调查分析一番，才能够得出正确的结论来。

38. 杯弓蛇影

有一个叫应彬的人在汲县做县令。夏至这一天，他的一位老朋友来访，应彬设宴款待。朋友座位背后的墙上悬挂着一张红色弩弓，映在酒杯中，形状就像一条小蛇。朋友端起酒杯，正欲饮酒的那一瞬间，他瞥见了酒杯中的"蛇"，可他已经将那杯酒喝进肚里去了。朋友当时就觉得又惊又怕，十分恶心。回到家里，只觉得胸腹疼痛难忍，以至于饮食不进，身体渐渐消瘦下去。家里人为他请了好多医生，用了好多办法，也不见治好。

自从老朋友那次来访后，已好长时间不见面了，应彬觉得奇怪，于是决定到朋友家去回访。只见朋友形容憔悴，病得不轻。应彬便问是什么原因。朋友如实相告："自那次在你家喝酒，因酒杯里有一条小蛇被我吞进肚里，使我十分害怕，回家后就一病不起。"

应彬觉得这事有些蹊跷，酒杯中哪来的蛇呢？他回到县衙后，还在琢磨这件事。猛一回头，看见挂在墙上的弩弓，心里一下子明白了。他于是专门备了车马，把老朋友再次请到家中，重摆宴席，仍让朋友坐在原来的位置上。当朋友拿起酒杯一看，忽然惊叫起来，原来杯中又出现了蛇影。这时，应彬也端着酒杯走到朋友的座位旁，将自己的酒杯端给朋友看，里面同样有一条蛇影；后来，他请朋友端着原来那杯酒离开那个位置，再看杯中，那蛇影就分明没有了。朋友心中甚是不解，应彬叫朋友回头看墙上挂着的那把弩弓，对朋友说："墙上的弩弓映在酒杯中，这就是你看到的杯中的蛇，其实那只是弩弓的影子，杯中什么也没有。"

朋友半信半疑，又和应彬重新演试了几遍，这才哈哈大笑起来，心中的疑团顿时消失，精神一下子清爽了许多。回去以后，病也很快地好了。

害疑心病的人，往往陷入庸人自扰的泥淖而难以自拔；有智慧的人则善于抓住问题的症结，对症下药，"心病还须心药医"，从根本上解决问题。

39. 纸上谈兵

赵奢是赵国名将，为赵国屡建战功。可是赵奢的儿子赵括却不像父亲。赵括从小的确读了不少兵书，谈起用兵之道那简直是滔滔不绝，连他父亲都不如他。于是，赵括自以为是，觉得自己是了不起的军事家，他狂妄地认为自己在军事上已经是天下无敌了。然而赵奢却不这么认为，他不但从未赞扬过儿子的夸夸其谈，反而却常常担忧地说："日后赵国不让赵括带兵便罢，如果让他带兵打仗，那么断送赵国前程的将必是赵括无疑。"

过了几年，赵奢死去了。

这一年，秦国对赵国大举进攻，赵国派了年龄很大的将军廉颇率军迎敌。开始，赵军连连失利。在这样的情况下，廉颇改变战略方针，他下令让军队坚守城池，以逸待劳，不要主动出击，保存实力把住阵地从而拖垮秦军。结果真的，秦军由于远道而来，经不住廉颇的拖延，粮草渐渐接不上，快要支撑不下去了，秦军十分恐慌。于是秦军也施展汁谋，派人悄悄潜入赵国散布流言说："秦军谁都不怕，就怕赵括担任大将。"

赵王正在为廉颇在军事上毫无进展而闷闷不乐，听到外面流传的那些说法，便要撤掉廉颇，派赵括为大将来统帅军队。赵括的母亲记住丈夫生前的嘱咐，再三向赵王说明情况，极力劝告赵王收回决定，可是赵王哪里听得进去，他真的任命了赵括担任大将来取代廉颇。

赵括一到前线，便完全改变了廉颇的策略，大量撤换将官，一时间弄得人心惶惶军心涣散。

秦军得知赵军这些情况，自然正中下怀。一天深夜，秦军派一支队伍偷袭赵营，刚一交战，便佯装败走。同时，秦军又派兵乘机切断了赵军的粮道。

赵括不知实情，还以为秦军真的是败逃。他得意地想，取胜即在眼前，这正是表现自己的时候。于是他命令部队紧紧追击。结果，赵军追了一段后即被秦军伏兵将追兵拦腰截断，使赵军首尾不能相顾。然后，秦军一齐杀出，将赵军团团围住，各个击破。

赵军被秦军围困四十多天，粮食早已吃光又没有接应，一时间军心大乱。赵括一筹莫展，满肚子的兵法也不知如何施展。眼看守下去也是活活饿死，便率军仓皇突围。可是怎敌秦军四面掩杀，哪里突得出去。结果赵括被乱箭射死，四十万赵军也全军覆没。从此以后赵国就一蹶不振。

赵括纸上谈兵并无真才实学，而赵王还对他委以重任，结果招致惨痛失败。看来，教条主义的危害是不可轻视的。

40. 叶公好龙

鲁哀公经常向别人说自己是多么的渴望人才，多么喜欢有知识才干的人。有个叫子张的人听说鲁哀公这么欢迎贤才，便从很远的地方风尘仆仆地来到鲁国，请求拜见鲁哀公。

子张在鲁国一直住了七天，也没等到鲁哀公的影子。原来鲁哀公说自己喜欢有知识的人只是赶时髦，学着别的国君说说而已，对前来求见的子张根本没当一回事，早已忘到脑后去了。子张很是失望，也十分生气。他给鲁哀公的车夫讲了一个故事，并让车夫把这个故事转述给鲁哀公听。然后，子张悄然离去了。

终于有一天，鲁哀公记起子张求见的事情，准备叫自己的车夫去把子张请来。车夫对鲁哀公说："他早已走了。"

鲁哀公很是不明白，他问车夫道："他不是投奔我而来的吗？

为什么又走掉了呢？"

于是，车夫向鲁哀公转述了子张留下的故事。那故事是这样的：

有个叫叶子高的人，总向人吹嘘自己是如何如何喜欢龙。他在衣带钩上画着龙，在酒具上刻着龙，他的房屋卧室凡是雕刻花纹的地方也全都雕刻着龙。天上的真龙知道叶子高是如此喜欢龙，很是感动。一天，真龙降落到叶子高的家里，它把头伸进窗户里探望，把尾巴拖在厅堂上。这叶子高见了，吓得脸都变了颜色，惊恐万状，回头就跑。真龙感到莫名其妙，很是失望。其实那叶公并非真的喜欢龙，只不过是形式上、口头上喜欢罢了。

我们现实生活中像叶子高这样的人也有不少，他们往往口头上标榜的是一套，而一旦要动真格的，他们却临阵脱逃了，这跟叶公好龙又有什么两样呢？

41. 皮毛相依

有一年，魏国的东阳地方向国家交售的钱粮布帛比往年多出十倍，为此，满朝廷的大臣高兴得不得了，一齐向魏文侯表示祝贺。

魏文侯对这件事并不乐观。他在思考：东阳这个地方土地没有增加、人口也还是原来那么多，怎么一下子比往年多交十倍的钱粮布帛呢？即使是丰收了，可是向国家上交也是有比例的呀。他分析这必定是各级官员向下面老百姓加重征收得来的。这件事使他想起了一年前他遇到的一件事。

一年前，魏文侯外出巡游。一天，他在路上见到一个人将羊皮筒子反穿在身上，皮筒子的毛向内皮朝外，那人还在背上背着一篓喂牲口的草。

魏文侯感到很奇怪，便上前问那人道："你为什么要反穿着羊皮衣，把皮板露在外面来背东西呢？"

那人回答说："我很爱惜这件皮衣，我怕把毛露在外面搞坏了，特别是背东西时，我怕毛被磨掉了。"

魏文侯听了，很认真地对那人说："你知道吗？其实皮板更重要，如果皮板磨破了，毛就没有依附的地方了，那你想舍皮保毛不是一个错误的想法吗？"

那人依然执迷不悟地背着草走了。

如今，官吏们大肆征收老百姓的钱粮布帛而不顾老百姓的死活，这跟那个反穿皮衣的人的行为不是一样的吗？

于是，魏文侯将朝廷大臣们召集起来，对他们讲了那个反穿皮衣的人的故事，并语重心长地开导他们说："皮之不存，毛将焉附？如果老百姓不得安宁，国君的地位也难以巩固。希望你们记住这个道理，不要被一点小利蒙蔽了眼光，看不到实质。"

众大臣深受启发。任何事情都是一样的道理，基础是根本，是事物赖以存在的依据，如果本末颠倒，那将是得不偿失的。

42. 钻牛角尖

有一个读书人，本来没有大学问，可不论见到什么事都喜欢与人争论。

一天，这个读书人到艾子那儿去，好像是请教艾子而实则是刁难人。他问艾子说:"凡是大车的车身下面和骆驼的脖子上,都系着铃铛,这是为什么呢?"

艾子回答说:"大车和骆驼都是很大的,而车和骆驼又经常在夜间赶路,如果它们一旦狭路相逢,就难以回避而相撞。因此,给它们挂上铃铛正是为了在离得还较远时就互相给对方送个信,以便提前回避。"

不等艾子说完,那人又问:"佛塔的顶端也挂着铃铛,佛塔永远都固定在一定的地方,难道佛塔也以便夜间行走避免相撞吗?"

艾子有点不高兴地说:"你这个人真是死板。你没看到那些雀鸟总喜欢在高处筑巢吗?它们筑巢的地方总会撒下污秽不堪的粪便,在塔上挂着铃铛,雀鸟飞来时,铃铛便摇晃作响,这样,雀鸟就不敢来筑巢了。这和大车、骆驼挂铃铛完全是不相干的事。"

这个读书人好像很不知趣,他又问:"猎鹰、鹞子的尾巴上也都带着小铃,这也是为了防止雀鸟在它们的尾巴上筑巢吗?"

艾子一听,"扑哧"一声忍不住笑了,说:"看你也是个读书人,是故意装傻呢还是真不开窍呢?猎鹰、鹞子捕捉鸟兽常常进入树林或灌木丛中,束脚的绳子有时被树枝挂住,挣脱不开,于是它们在振动翅膀时铃声就会响起来,猎人听到铃声,就可以知道它们在哪里从而找到它们。猎鹰、鹞子脚上系铃铛当然跟雀鸟筑巢没什么关系啦。"

读书人还不罢休,继续纠缠着问艾子:"我见过那送葬的队伍,前面有个人总是摇着铃铛唱挽歌。我原先还不明白是为什么,现在才知道了,原来是怕树枝缠住他的脚,以便让人们循着铃声好找到他呀。只是我还想问您,那个人脚上的带子是用皮条做的呢,还是用丝线编成的呢?"

艾子实在不耐烦了，生气地回答读书人说："那个摇铃铛的人是死者的向导，因为这死者生前好狡辩、刁难人，实在难缠，所以才摇着铃铛让他的死尸感到快乐呀！"

读书人至此终于无话可说了。

生活中有些人只知道片面地抓住某些事物的表面相似之处，把偶然的巧合当作必然的联系，因而犯了偷换概念、混淆是非的逻辑错误。

43. 贤士与庸才

一天，赵简子乘船在黄河上游玩，十分开心。看着滔滔东去的河水，忽然，赵简子深有感慨地说：

"怎样才能得到贤士，整天与他相处呢？"

划船的人名叫古乘，听了赵简子的感叹后向赵简子深深鞠了一躬，说：

"大人听我冒昧地说几句。你看那些珠宝、美玉，它们没有长脚，离这里又有千里之远，却能来到这里，为什么呢？这是人们因为喜好它们，便从千里之外将它们寻了来。而贤士是长脚的，他们不来，恐怕是因为您不喜好他们吧？"

赵简子说："不对，我平素广招人才，门下食客就有上千人。我对他们的供养也是很真心的，如果发现早上吃的东西不够了，我马上派人在晚上去市场收税供给他们；如果晚上吃的东西不够了，早上就派人去市场收税供给他们。我对他们如此真诚大方，还能说我不喜好贤士吗？"

　　古乘听了赵简子这番话后说："鸿鹄之所以能飞得又高又远，是因为它依靠着坚硬的翅膀。它背上的细毛、腹部的绒毛，长长短短、松松软软、多多少少没有一个定数。这样的毛，少了一把，不影响它飞得高，多了一把，也不影响它飞得低。大人您所需要依赖的应该是像翅膀那样能让您高飞的有用之才，而不是像细绒毛那样无足轻重的无用之才。贤才在精而不在多，庸才再多也无益。不知大人门下上千食客中，有没有像鸿鹄翅膀那样的有用之才？该不会都是些细绒毛吧！"

　　古乘一番话，使赵简子深受启发，自己门下食客上千，却常常生出渴求贤士的感慨，这原因恐怕已经十分明确了。

　　爱惜人才、选拔人才，并不在于数量和形式，而要寻求真正的有用之才，于国于己有利，这才是明智之举。

第二章　果敢勇猛篇

1.　驾船如神

颜渊是孔子的弟子。他向孔子讨教说，我曾经乘舟渡过一个深潭，艄公驾船的本领神奇莫测。我问艄公驾船到您这份上可以掌握吗？他肯定地回答说可以。善于游泳的人只要经过练习便可以学会，若是会潜水的人即使从未接触过船也能操作自如。对于艄公的一番道理，颜渊自称并不理解，但是艄公不肯作进一步解释，只好向孔子求教。

孔子听罢弟子的介绍，向颜渊解答个中奥妙：游泳能手是不会惧怕水的，他对学习驾船不存在恐惧心理，心情完全是放松的；擅长潜水的人把陆上和水中看成一码事，把船行和车驶看成一回事，把翻船更不当一回事。所以，即使从没驾过船也能操舟自如，悠然自得。

孔子是位诲人不倦的教育家，他打了一个生动形象的比喻。好比一个参与赌博的人，用瓦块为赌注，心理毫无负担，赌起来轻轻松松，对输赢泰然处之反而常常获胜；他用衣物下赌，就有些顾忌；如果他用黄金下赌，那就会顾虑重重，心情紧张，惧怕输掉赌资，他会患得患失。其实赌的规则和技巧都是相同的，由于产生怕输的负担，技巧就难以发挥。

打完比喻，孔子对颜渊下结论：凡是以外物为重，怀有恐惧心理，那么内心必然怯弱而使行为显得笨拙犹豫。否则，就会是相反的表现。

艺高人胆大。胆大来自于平日的勤学苦练。有了这个基础，信心就会建立。自信可以使人产生精神力量，通向成功。患得患失、内心怯懦常会令人遭到失败。

2. 驯养斗鸡

春秋战国时代，齐国盛行斗鸡。举国上下不乏斗鸡爱好者。其中最酷爱此项活动的莫过于齐王。王宫内养了不少斗鸡，他为了取得胜利，专门派人到纪国雇请出生于驯养斗鸡世家的纪渻子。

纪渻子是驯养斗鸡的高手，有一套祖传的方法，齐王是斗鸡迷，把纪渻子雇来十天后便召见他，询问斗鸡的搏斗功夫驯出来没有。

纪渻子禀告齐王说："还没有。它近期表现为内心空虚而神态高傲，模样盛气凌人。"齐王知道这种精神状态是浮躁的表现。还没到火候。

又过了十天，齐王心里憋得不耐烦了，传旨纪渻子汇报驯养情况。谁知纪渻子说仍没驯成熟。眼下斗鸡听到其他鸡的啼声，看到鸡的影子仅只有反应。他劝齐王再等段时间，如果急于求成，会前功尽弃。

齐王听了他的劝，又熬过了十天，不见驯鸡的消息，心中十分窝火，派人把纪渻子抓进宫殿。不等齐王发问，纪渻子说："差不多了，驯养已到关键阶段，斗鸡目前的目光过于敏锐，虽有斗志，但心中充满着傲气和怒气。"齐王打断他的汇报，问他现在能不能参战。

纪渻子果断地否定说："不行！"

齐王发怒地喝道："我宰了你，我不能再等待了！"

"大王就是杀了我，我也不会同意去参战，斗鸡此时参斗，难操胜券。"

听纪渻子如此回答，齐王认为驯养师是个诚实而又勇敢的人，遂收回成令，让他继续驯养。

纪渻子走后，齐王在期盼中又苦苦地熬了十天。齐王不等纪渻子进宫，带领一班随从径直到驯养场。此次齐王作好了要么交斗鸡，要么交人头的决定。

在鸡场，纪渻子迎见齐王："差不多了！"

皇上听毕问他："可以参斗？"

"完全可以。"纪渻子肯定地回答，"现今斗鸡虽遇挑战者向它鸣叫，仍神色自若，视而无见，毫无反应。看上去像一只木鸡。"

齐王转怒为喜，亲自看见斗鸡，只见它昂首挺胸，精神安定专一，不惊不动。连连叫绝："好鸡，好鸡！"喜不自胜。他令人把挑战鸡引到斗鸡面前，这些鸡一看见纪渻子驯养的斗鸡望而却步，腿都吓软了，转身便逃。胆大的与它斗不了几个回合，纷纷狼狈逃窜。

真正有本领和才能者，都能达到更高的精神境界。驯养斗鸡的大师重视精神品质的修炼，反映出他的德才观。这个寓言启示人们只有德才兼备，才能成大器。

3. 管庄子刺虎

管庄子是远近闻名的勇敢的猎手，他常常一个人猎杀虎豹豺狼，无所畏惧。

一次，管庄子来到一座山前，见有两只老虎在那里争吃人肉，正在拼命厮打着。它们时而举起前腿互相猛扑，时而互相咬住脖颈不放，两虎的咆哮声震撼着山林。

管庄子举起锋利的猎叉，正要上前刺杀这两只老虎，与他同行的管与连忙拉住他，说："老兄且慢！"

管庄子说："还等什么？现在两只老虎正在厮打，我得乘它们不备刺杀它们。不然的话，这两只老虎一会儿平静下来，重新和好，我还对付得了吗？"

管与说："最好的时机还没到。你想，老虎是凶猛的野兽；人肉，是老虎最美的食物，它们为争夺这块食物正疯狂搏斗，不最后见一个高低，它们不会罢休。两虎真的动怒拼打，弱些的肯定会被咬死，而强些的那只虎也会被咬伤。等到它们死的死了，伤的伤了，你再行动，只需要轻而易举地将受伤的老虎刺死，这两只老虎就都属于你了。"

管庄子恍然大悟。原来管与给管庄子出的是一个只需付出刺杀一只伤残老虎的力气，却能收到杀死两只老虎的主意。这真是一个好主意！

这则寓言告诉我们，做事情要善于分析矛盾，把握时机，以逸待劳，收到事半功倍的效果。

4. 惊弓之鸟

　　战国时魏国有一个有名的射箭能手叫更赢。有一天，更赢跟随魏王到郊外去游玩。玩着玩着看见天上有一群鸟从他们头上飞过，在这群鸟的后面，有一只鸟吃力地在追赶着它的同伴，也向这边飞来。更赢对魏王说："大王，我可以不用箭，只要把弓拉一下，就能把天上飞着的鸟射下来。""会有这样的事？"魏王有点不相信地问。更赢说道："可以试一试。"过了一会儿，那只掉了队的鸟飞过来了，它飞的速度比前面几只鸟要慢得多，飞的高度也要低一些。这只鸟飞近了，原来是只掉了队的大雁，只见更赢这时用左手托着弓，用右手拉着弦，弦上也不搭箭。他面对着这只正飞着的大雁拉满了弓。只听得"当"的一声响，那只掉了队正飞着的大雁便应声从半空中掉了下来。魏王看到后大吃一惊，连声说："真有这样的事情！"便问更赢不用箭是凭什么将空中飞着的鸟射下来的。更赢笑着对魏王讲："没什么，这是一只受过箭伤的大雁。""你是怎么知道这只大雁是受过了箭伤的呢？"魏王更加奇怪了，不等更赢说完就问。更赢笑着继续对魏王说："从这只大雁飞的姿势和叫的声音中知道的。"更赢接着讲："这只大雁飞得慢是它身上的箭伤在作痛，叫的声音很悲惨是因为它离开同伴已很久了。旧的伤口在作痛，还没有好，它心里很害怕。当听到弓弦声响后，更害怕再次被箭射中，于是就拼命往高处飞。它心里本来就害怕，加上拼命一使劲，本来未愈的伤口又裂开了，疼痛难忍，翅膀再也飞不动了，它就从空中掉了下来。"

故事中的大雁听到弓弦声响后就惊惶万分，是因为它身上受过箭伤。

这个故事的寓意是指有人在某一件事情上吃过亏，于是就老是害怕再次发生类似的事情，可以说是惊弓之鸟。

5. 次非斩蛟

楚国有个名叫次非的人，在一次旅游时来到吴国干遂这个地方，得到了一柄非常锋利的宝剑，高高兴兴地回楚国去。

次非在返回楚国的途中要过一条大江，便乘船渡江。当渡江的小木船行到了江中心时，忽然从水底游来两条大蛟，异常凶猛地向这条小木船袭击过来，很快地从两边缠住渡船不放，情况非常危急，所有乘船过江的人都吓呆了。这时，次非向摆渡的船夫问道："您在江上摇橹摆渡多年了，您曾经见到或听到过有两条大蛟缠住船不放而船上的人还能够有活下去的可能吗？"船夫回答说："我驾船渡江几十年，也不知送过多少人过江，不说没见到，还从来没有听说过有这样的事情而船上的人是没有危险的。"次非想：如果不除掉这两条恶蛟的话，全船的人就会有生命的危险。于是他立即脱去外衣，捋起衣袖，抽出从吴国干遂得到的宝剑，对船上的人说："这两条大蛟如此凶恶，也只不过是这江中一堆快要腐烂了的骨和肉，还怕它干什么？为了保全船上所有人的生命，我即使丢掉了这柄刚刚得到的上好宝剑，哪怕是我个人的生命，也没有什么可惜的。"说完，他就毫无犹豫地手持宝剑跳到江中向缠住渡船不放的大蛟砍去，经过一场紧张、激烈的人与恶蛟的争斗，次非挥剑斩了那两条大蛟，从容不迫地上到船上来。就这样，次非斩除了两条大蛟，保住了渡江的小木船，挽救了全船人的生命。

这个故事的寓意是：在危急存亡的关头，为着大众利益要挺身而出，迎难而上，不要畏首畏尾，苟且偷安。

6. 割肉自啖

战国时代，在齐国有一个无名小镇，镇上住着两个自命不凡、爱说大话、喜欢自夸为全世界最勇敢、最顽强、最不怕死的人。他们一个住在城东，一个住在城西。

有一天，这两个自诩为最勇敢的人碰巧同时来到一家酒楼喝酒。他们一先一后进了酒楼后才互相看见对方。两人相互寒暄了一番后，便选中靠窗的一张又干净、又明亮的餐桌相对而坐。不一会儿，酒保送上来了一坛陈年老酒。店小二又替他们剥去坛口上的封口泥，打开了酒坛盖子，一股香气扑鼻而来。店小二替他们各自斟满了一碗酒后，把酒坛子放到桌子上，很客气地退了下去。

这两个"最勇敢"的人喝了一会酒，聊了一会天，边喝边谈，渐渐觉得有酒无肉实在是有点乏味。其中一个"最勇敢"者提议说："老兄，稍等一会再喝。这样光喝酒不吃肉也不是味，我到菜市场去买几斤肉来，叫这酒店厨师加工后端上桌子供我们下酒。咱俩难得在一起，今天喝个痛快。"另一个"最勇敢"者答道："老兄，不必到菜市场去买肉了。你我身上不都长着肉吗？听人说腿肚子上的肉是精肉，我们将自己随身带的刀在自己身上割下肉来下酒，又新鲜、又干净，不是更好吗？只叫店小二端盆酱来蘸着吃就行了。"第一个"最勇敢"者为了表现自己的"勇敢"，只好同意了对方的提议。不一会儿，店小二将一盆酱端来了，放在桌子上面。他们每人喝了一碗酒后，各自抽出自己的腰刀，在自己的大腿上割下一大块肉来，血淋淋地放在酱盆里蘸了一下，然后送到自己嘴里咽了下去。就这样，他们每喝一大碗酒，就在各自大腿上割下一大块肉来吃。当时在场的人看到后又惊讶，又害怕，但谁也不敢上前干预。这两个"最勇敢"者在酒楼里一边喝酒，一边吃着从自己身上割下的肉。他们两个人都自称是世界上最勇敢的人，谁也不肯在对方面前认输。就这样，酒一大碗一大碗地喝下去，他们身上的肉也一大块一大块地被割下来；鲜血不断地从他们身上流出，流到地上，流了一大片……不多久，这两个自诩为最勇敢的人都由于失血过多而死去。

"割肉自啖"的故事告诉我们：勇敢本来是很好的品质，它能帮助我们战胜前进道路上的危险和困难。但盲目的逞勇斗狠却是无聊的行为，是愚蠢而可悲的。

7. 螳螂之勇

有一次，齐庄公带着几十名随从进山打猎。一路上，齐庄公兴致勃勃，与随从们谈笑风生，驾车驭马，好不轻松愉快。忽然，前面不远的车道上，有一个绿色的小东西，近前一看，原来是一只绿色的小昆虫。那小昆虫正奋力高举起它的两只前臂，怒气冲冲地挺直了身子直逼马车轮子，一副要与车轮搏斗的架势。

小小一只虫子，竟然敢与庞大的车轮较量，那情景十分感人。这有趣的场面引起了齐庄公的注意，他问左右："这是什么虫子？"

左右回答说："大王，这是一只螳螂。"

庄公又问："这小虫子为何这般模样？"

左右回答说："大王，它要和我们的车子搏斗，它不想让我们过去呢。"

"噫！真有趣。为什么会这样呢？"庄公饶有兴趣地问左右。

左右回答说："大王，螳螂这小虫子，只知前进，不知后退，体小心大，自不量力，又轻敌。"

听了左右这番话，庄公反而被这小小螳螂打动，他感慨地说道："小小虫儿，志气不小，它要是人的话，一定会成为最受天下尊敬的勇士啊！"说完，他吩咐车夫勒马回车，绕道而行，不要伤害螳螂。

后来，齐国的将士们听说了这件事，都非常感动。从此，他们打起仗来更加奋不顾身，都愿以死来效忠齐庄公。

人们常说螳螂挡车，不自量力。然而我们从另一面来看，螳螂挡车之勇，也实在可赞可叹，这种置生死于不顾、敢于抗争的勇气，不是应该对我们有所启发吗？

8. 宋大贤斗鬼

南阳的西郊有一座亭子：本来修建它是为了让过路的人能有个歇脚的地方。可是这一带常常有恶鬼出没，搞得人心惶惶，再没有人敢到那里去过夜。不然的话，就会遭到灾祸。

　　南阳地方有个叫宋大贤的人，他身材魁梧，血气方刚，为人正直勇敢，天不怕地不怕，从来就不信邪，还学了一身好武艺。宋大贤听说西郊的亭子闹鬼，嫉恶如仇的他决心去看个究竟，也许还能为民除害。这么想着，他也不带任何兵刃利器，仅仅只是背上自己心爱的古琴就出发了。

　　夜幕降临了，亭子四周的树林影影绰绰，显得神秘恐怖，偶尔传来一两声猫头鹰凄厉的叫声更是给夜色增添了几分诡异的气氛。宋大贤一点儿都不害怕，一个人坐在亭楼里，悠然自得地弹着琴。

　　忽然，楼梯上传来一阵"吱吱嘎嘎"的响声，不一会儿，一个恶鬼就来到了宋大贤面前。这个恶鬼一头火红的乱发披肩，眼睛闪着荧荧绿光，长长的獠牙露在外面，拖着一条血红的舌头，指甲又尖又长，样子可怕极了。它呲牙瞪眼地对宋大贤说："你是何方狂徒，竟然有胆子到这里来，想尝尝我的厉害吗？"宋大贤正眼都懒得瞧它，仍然自顾自地弹他的琴。

　　恶鬼见宋大贤无动于衷，就转身离去。过了一小会儿，恶鬼又从街市上回来，拎了一颗血淋淋的人头，问宋大贤："你愿不愿意睡一会儿呢？"说着就将那颗人头扔在宋大贤面前。宋大贤还是没有被吓住，反而哈哈大笑着说：'太好了，我睡觉正缺个枕头，你为我想得太周到了！"恶鬼见这个办法还是不起作用，又转身走了。

　　过了很长时间，恶鬼再次回到楼上，恶狠狠地对宋大贤说："喂，你敢不敢和我比试一下搏斗的本领？"话音未落，就向宋大贤扑过去。宋大贤眼疾手快，猛地一闪，抓住鬼的腰，把它倒提起来，用力抡转。恶鬼受不了了，凄厉地号哭着求饶，见宋大贤不为所动，又求宋大贤快点把它弄死，免得再受痛苦。宋大贤将恶鬼打死后，定睛一看，原来是一只老狐狸。

从这以后，亭子清静了，再也没有野鬼来骚扰人了。

宋大贤斗鬼的经历告诉我们，邪恶势力的本质是虚弱的，我们不应被其强大的外表所吓倒，而要坚决与之作斗争，绝不手软，因为邪终不能胜正。

9. 老虎与小孩

从前，在四川省的忠县、万县、云阳县一带，经常有老虎出没。老虎出来伤人，总是先抖出它的威风，使你还没看清它的真面目时，往往已先自吓瘫了。老虎再来收拾你，想必是十分轻松自如的事了。

这一天，一个妇女带着两个小孩到河边洗衣服。她先让两个孩子在沙滩上玩耍，然后自己走下河滩，到河边洗起衣服来。两个孩子在沙滩上一会儿堆沙塔，一会儿用线绳在手上互相翻花，一会儿自己做游戏，玩得十分高兴。

突然，一只老虎从沙滩那边的山上奔了下来，正在洗衣的妇女见状大惊失色，她慌不择路，也顾不上小孩，自己赶紧跳进水里躲避起来，连衣服被水漂走了她也不知道。她弯在水中，只留两个鼻孔在外出气，浑身直打哆嗦。再看那两个小孩，依然在沙滩上全神贯注地玩得起劲，全然不知道身边发生了什么事情，更没注意到兽中之王老虎已在他们附近正朝他们"虎视眈眈"。

说来也怪，凶猛的老虎见两个小孩旁若无人，根本就无视自己的存在，反倒有些吃惊，因为它见惯了的是它们所到之处，一切飞禽走兽和人都是闻风丧胆、四处逃窜的，眼前这两个小孩是何物？

竟如此满不在乎！虎盯着小孩有好一会了，小孩并没有看它一眼，而是继续他们的游戏。接着，老虎又用头去碰他们，两个小孩只是随意地用手拨开虎头，一点害怕的表示也没有，老虎那股凶猛的劲头已全没有了，它好像很泄气地走开了。

看起来，面对危险或貌似强大的敌人时，你越是害怕，可能还会招来灾祸；如果镇定、无所畏惧，说不定还会有转危为安的奇迹出现。

10. 鬼也欺软怕硬

有一座庙宇，整个建筑虽不甚高大，但里面装饰得十分华丽。庙里供奉着各路神仙鬼魅，有木雕的，有泥塑的，个个刷金抹银，神气活现。庙前有一条水沟，水有些深。一天，有个路人经过这里，跨又跨不过去，涉水又深了些。没办法，回头见庙里竖着许多不知名的菩萨，这人不管三七二十一，搬了一座大些的木雕神像便横搭在水沟上，当作桥，走了过去。

不一会，又走过来一个人，看到神像搁在水沟上给人当桥踩，不住地叹息着说："哎呀，这是谁干的？怎么可以这样对待神像，竟敢这样冒犯神仙啊！"说着，他赶紧把神像扶起来，用身上的衣服将木雕上的尘土拂拭干净，然后小心翼翼地将神像抱回庙中，安放到原来的位置上，并且对着神像一拜再拜后，才离开。

晚上，庙里的鬼神们忿忿不平地议论开了。一个小鬼说："大王，您住在这里作为神灵，享受着本地百姓的祭祀、膜拜，可是现在却遭到愚顽百姓的侮辱，您为什么不施加灾难惩罚他们呢？"

那个被踩的神像大王说："是的，是应降灾惩罚他们。你说降灾给哪一个呢？"

小鬼说："当然是那个拿大王当桥踩过去的人，那人真是太可恶了！"

大王说："不，应当把灾祸降给后来的那个人。"

小鬼奇怪地问："前面那个人用脚践踏大王，再没有什么比这种冒犯更严重的了，您却不降灾给他；后来那个人，对大王十分敬重、虔诚，您却要降灾给他，这是为什么呢？"

大王说："这你就不懂了。前面那个人早已经不信奉鬼神了，我已无能为力降灾难于他了。因此我的魔法只对那些信奉我的人有效。"

看来，鬼神也怕恶人啊！

其实，鬼神都是人们编造出来的，人们常说"越信鬼就越有鬼"。因此，只有破除迷信，才能没有鬼、不怕鬼。

11. 宗定伯捉鬼

南阳人宗定伯年轻的时候血气方刚，十分勇敢，什么都不怕。有一天夜里，宗定伯赶路去办事，在半路上遇到了一个鬼。

宗定伯问道："你是谁呀？"

鬼回答道："我是鬼。你又是谁呢？"

宗定伯听了微微一惊，但很快就定下神来，欺骗鬼说："我也是鬼呀！"

鬼问宗定伯："你要到哪里去？"

宗定伯答："我要到宛市去。"

鬼说："正好，我也要到宛市去，咱们两个可以结伴一起走了。"

宗定伯和鬼一起走了好几里地，心里暗暗地盘算着对付鬼的办法。这时候鬼说："我们好像走得太快了点，不如我们轮流背着对方走吧。"

宗定伯答应了。鬼先背宗定伯，走了很远，问道："你怎么这样重呢？恐怕你不是鬼吧？"

宗定伯回答说："我刚刚死，所以还很重。"

宗定伯接着背鬼，也走了很远。鬼非常轻，差不多没有重量。他们互相背了三次。

宗定伯故意问鬼："我刚刚死，什么都不懂，还得向你请教鬼都怕些什么？"

鬼教他说："鬼被人重重摔到地上会变成羊，如果再被人吐上唾沫就变不回来了。"宗定伯听了，心旦有了主意。

宗定伯和鬼遇见了一条河，宗定伯就让鬼先渡河。鬼渡河的声音很小，几乎听不见。宗定伯过河像水车轮子一样，搅得河水哗哗直响。

鬼又有了疑心，问他说："怎么有戸音呢？"

宗定伯不慌不忙地说："不是跟你说过了吗？我刚死，所以还不熟悉渡河。"

快到宛市了，轮到宗定伯背鬼。他把鬼顶在头上，用力抓住。鬼动弹不得，"喳喳"大叫起来。宗定伯也不管它，一直走到宛市，猛地把鬼摔在地上，把它变成了一头羊，又怕它变回来，就朝它吐了不少唾沫。宗定伯把羊卖掉，得了一千五百钱，高高兴兴地回家去了。

宗定伯靠着机智和勇敢，终于战胜了鬼。我们遇到困难的时候，首先是不要害怕，然后仔细分析，摸清规律，按规律去办事，不怕克服不了它。

12. 周处自新

周处是晋朝义兴县人。他在年轻的时候，脾气粗暴，好惹是生非，经常与人打架斗殴，危害乡里，被当地人们视为祸害。

那时候，在义兴县境内的大河里出现了一条蛟龙，同时在义兴县山里又有只斑额吊睛猛虎，它们都时常在河里、在山上侵害老百姓。当地人们都把周处同蛟龙、猛虎一起看作是"三个祸害"，而这"三个祸害"中又以周处更加厉害。为了除掉侵害老百姓的祸害，曾经有人劝说周处上山去杀死那只斑额吊睛猛虎，到河里去斩除那条危及乡里的蛟龙。

周处听人劝说后，立即上山去杀死了斑额吊睛猛虎，接着又下山来到有蛟龙作恶的河边。当蛟龙露出水面准备向他扑过来的那一刹那间，说时迟，那时快，周处转眼间便跳下河去举起手中锋利的砍刀，向作恶多端的蛟龙头上砍去。那蛟龙为了躲避周处的刺杀，时而浮出水面，时而沉入水底，在大河里游了几十里路远。周处一直紧紧地跟着它，同样是时而浮出水面，时而沉入水底。就这样，三天三夜过去了，地方上的人都认为周处已经死了。人们都在为这"三个祸害"的灭亡而奔走相告，互相庆贺。

谁知周处在杀死了蛟龙后，又突然浮出水面，游到了岸边。当他上到岸上来时，看到人们正奔走相告，都在为他已不在人世而互相庆贺，这时他才晓得自己早已被人们认为是祸害了。这是为什么呢？他扪心自问，经过一番仔细的反省之后终于有了改过自新的念头。于是，他到吴郡去寻找陆机、陆云两兄弟。因为陆家兄弟是当时远近闻名的受人尊敬的大文人、大才子，周处想请陆家兄弟开导思想，指点迷津。

周处头脑中带着疑惑来到吴郡陆家的时候，陆机不在家，正好会见了陆云，于是他就把义兴县人为什么恨他的情况全部告诉了陆云，并说明自己想要改正错误重新做人，但又恨自己年纪已经不小了，恐怕不能干出什么成就，因此请陆家兄弟指点迷津。陆云开导他说："古人认为，一个人如果能在早晨懂得真理，那么即使是在晚上死去，也是可贵的；何况你现在还年轻，前程还是满有希望的。"陆云接着说："一个人怕只怕没有好的志向。有了好的志向，又何必担心美名不能够传播开去呢？"

周处听了陆云这番话后，从此洗心革面、改过自新。经过自己艰苦的努力，后来终于成了名扬四方的忠臣孝子。

这篇故事的寓意是：一个人有了缺点错误并不可怕，只要敢于正视、敢于改正自己的缺点错误，重新确立好的志向，一样可以成为一个有用之才。也就是说：浪子回头金不换。

13. 梦中受辱

齐庄公的时候，有个勇士名叫宾卑聚。一天夜里，他梦见一个壮士，身材魁梧，头戴白色绢帽，外穿耀眼的红色麻布盛装，内穿棉布做的衣服；帽上坠着红色的丝穗，脚穿一双崭新的白色缎鞋，身上挂着一个黑色的剑囊。这个威武的大汉走到宾卑聚面前，大声地呵斥他，还朝他脸上吐唾沫。

宾卑聚被这个突如其来的凶狠汉子惊醒了，他发现原来是个梦。尽管这样，他依然因此而一夜没睡，心中非常气愤。

第二天天一亮，宾卑聚就把他的朋友们都请来，向他们讲述了前一天晚上做的梦。然后他对朋友们说："我自幼崇尚勇敢，六十年来从没受过任何欺凌侮辱。可是昨天夜里，我在梦中受到如此的侮辱，心里实在咽不下这口气。我一定要找到哪个敢于在梦中骂我，并向我吐唾沫的人。假若在三天之内找到他，我就要报这个仇；如果三天之内找不到他，我就没脸面活在世上了。"

于是，每天一早，宾卑聚就带着他的朋友们一起站在行人过往频繁的交通要道上，寻找着跟梦中打扮、长像一样的人。可是，三天过去了，他们始终没有看到一个如梦中一般打扮的壮士。宾卑聚气馁地回到家中，长长地叹了一口气，然后拔出剑自刎了。

这则寓言告诉我们，仅凭梦中的一点不快便耿耿于怀，甚至含恨自尽、自暴自弃的做法是十分愚昧的。

14. 孟贲言勇

孟贲是战国时代著名的勇士，他在战场上出生入死，从无畏惧，总是勇往直前，所向披靡，因而常常使敌人闻风丧胆，望风而逃。

于是，有人问孟贲："生命与勇敢相比，您认为哪一个更重要呢?"

孟贲不假思索地回答:"勇敢"

"那么,拿显赫的官位与勇敢作比较呢?"

"还是勇敢!"孟贲的回答斩钉截铁。

"若用万贯家财与勇敢相比,您认为什么更重要呢?"

孟贲的回答仍是勿庸置疑:"勇敢!"

要知道,对于每一个人来说,生命、升官、发财,这三者都是极其宝贵而且难以得到的东西呀!可是,在孟贲看来,它们都不可能取代人的勇敢的品质。在那个诸侯纷争的年代里,孟贲之所以能威镇三军,降伏猛兽,英名远播,这实在是与他在任何情况下都能勇敢面对各色各样的挑战与诱惑所分不开的啊!

孟贲的故事说明,凡是想有所作为的人,都要能不受虚名浮利的干扰,执着地追求自己所迷恋的事业,并做到勇敢地为之献身,这才是获取成功的一个最重要的前提。

15. 蒙人遇虎

蒙地有个猎人,大大小小的动物打了不少,家里有各种各样的兽皮。有一次,他要去野外办些事情,刚一出门,让风一吹,颇有些寒意。于是他又返身进门,想找件兽皮挡挡寒,顺手抓了一张狮子皮,披在身上就上路了。

到了野外,蒙人越走越觉得不对劲。一阵风吹草动,他预感到有事要发生。果然听得一声长啸,一只吊睛白额大虎跳了出来。蒙人手边没带什么厉害的武器,心里暗想:糟糕,要躲也来不及,这下可完了。于是他干脆不逃了，只是闭着眼睛站在原地等死。

再说那只老虎，早已饿了多时，一见有东西过来，就要往上扑。可那东西不但没逃，还站住了，在那边远远看着自己。老虎一阵奇怪，仔细看了看，乖乖，原来是只大狮子！要是打不过可惨了，好汉不吃眼前亏，还是快溜吧！

蒙人站了半天，还不见老虎来吃他，大着胆子睁开眼一看，老虎夹着尾巴在往回跑，一闪就不见了，蒙人给弄糊涂了。但又一想，对了，老虎肯定知道自己是个好猎手，因害怕自己而跑掉的。蒙人非常得意，丝毫也没往自己披的狮子皮上去想。他趾高气扬地回到家，逢人就夸耀说："连老虎都知道我是打猎的好手，一见了我就马上逃走了！"

又过了几天，蒙人又要去野外了。这一回，他随便拿了一张狐皮挡风，像上次一样，走了没多远就又碰上了老虎。蒙人一点不怕，大摇大摆地走了过去。老虎定睛一看：哼，我当是什么呢，原来是只狐狸，居然也敢在我面前耍威风，一定要给它点颜色瞧瞧。老虎见是狐狸，连扑都懒得扑，就站在原地斜着眼睛瞧着他走过来。蒙人走到老虎跟前，见老虎还不让路，不由大怒，高声威胁说："畜牲，见了我还不滚开，当心我扒了你的皮！"老虎看他骂了一会儿，不耐烦了，猛地跳将过去，可怜的蒙人，就这样成了老虎的一顿美餐。

蒙人错在盲目地自以为是，不考虑客观因素，最终才落得个葬身虎腹的下场。

16. 毛遂自荐

毛遂在平原君门下已经三年了，一直默默无闻，总得不到施展才能的机会。

一次，碰上秦国大举进攻赵国，秦军将赵国都城邯郸团团围住，情况十分危急，赵王只好派平原君赶紧出使楚国，向楚国求救。

平原君到楚国去之前，召集他所有的门客商议，决定从这千余名门客中挑选出二十名能文善武足智多谋的人随同前往。他们挑来挑去最终只有十九人合乎条件，还差一人却怎么挑也总觉得不满意。

这时，只见毛遂主动站了出来说："我愿随平原君前往楚国，哪怕是凑个数！"

平原君一看，是平常不曾注意的毛遂，便不大以为然，只是婉转地说："你到我门下已经三年了，却从未听到有人在我面前称赞过你，可见你并无什么过人之处。一个有才能的人在世上，就好像锥子装在口袋里，锥尖子很快就会穿破口袋钻出来，人们很快就能发现他。而你一直未能出头露面显示你的本事，我怎么能够带上没有本事的人同我去楚国行使如此重大的使命呢？"

毛遂并不生气，他心平气和地据理力争说："您说的并不全对。我之所以没有像锥子从口袋里钻出锥尖，是因为我从来就没有像锥子一样放进您的口袋里呀。如果早就将我这把锥子放进口袋，我敢说，我不仅是锥尖子钻出口袋的问题，我会连整个锥子都像麦穗子一样全部露出来。"

平原君觉得毛遂说得很有道理且气度不凡，便答应毛遂作为自己的随从，连夜赶往楚国。

一到楚国，已是早晨。平原君立即拜见楚王，跟他商讨出兵救赵的事情。可是这次商谈很不顺利，从早上一直谈到了中午，还没有一丝进展。面对这种情况，随同前往的二十个人中有十九个只知道干着急，在台下直跺脚、摇头、埋怨。唯有毛遂，眼看时间不等人，机会不可错过，只见他手提剑，大踏步跨到台上，他两眼逼视着楚王，慷慨陈词，申明大义，他从赵楚两国的关系谈到这次救援赵国的意义，对楚王晓之以理动之以情。他的凛然正气使楚王惊叹佩服；他对两国利害关系的分析深深打动了楚王的心。通过毛遂的劝说，楚王终于被说服了，当天下午便与平原君缔结盟约。很快，楚王派军队支援赵国，赵国于是解围。

事后，平原君深感愧疚地说："毛遂原来真是了不起的人啊！他的三寸不烂之舌，真抵得过百万大军呀！可是以前我竟没发现他。若不是毛先生挺身而出，我可要埋没一个人才呢！"

毛遂自荐的故事告诉我们，不要总是等着别人去推荐，只要有才干，不妨自己主动站出来，作出自己应有的贡献。

17. 可悉陵降虎

北魏的皇族中，有个名叫可悉陵的人，生得身材高大，魁梧强壮，性格勇敢坚毅，又练得一身好武艺，实在是一个难得的人才，因而很受皇室器重。

在可悉陵十七岁的那一年，北魏皇帝拓跋焘带着他一块儿到山林里去打猎。

他们一行人个个都本领高强，善使弓箭，勇猛无比，打起猎来更是不在话下。没过多半天，他们便捕获了许多野兔、鹿、山鸡之类的野味。大家带着猎物一边大声谈笑，夸耀自己打猎的成果，一边准备踏上返回的路。

人们一路走一路说，正在兴头上，忽然有人察觉旁边的树在微微颤抖，传出一阵草叶的"沙沙"声，好像有什么动物在快速行走。就在犹疑间，说时迟，那时快，丛林中突然蹿出一只吊睛白额猛虎。它大吼了一声，直吼得地动山摇。

人们惊出了一身冷汗，惊慌失措，不知如何是好。只听得一个人大喊道："保护皇上，看我的！"说话间，人已到了老虎跟前。大家定睛一看：原来说话的是可悉陵。

可悉陵什么武器也没拿，赤手空拳地和老虎搏斗起来。老虎的尾巴用力一掀，眼看要扫到可悉陵身上，可悉陵灵巧地一闪躲开了。大家回过神来，弯弓搭箭想要帮可悉陵的忙，可悉陵却喊道："请大家别插手，我一个人就可以了！"大伙只好眼睁睁地看着可悉陵和老虎周旋，心里暗暗为他捏一把汗。

可悉陵躲过了老虎凶猛的一扑一掀一剪，瞅准机会跳到老虎背上，揪着虎皮死死按住虎头，抬起铁拳拼命朝老虎的天灵盖砸下去。也不知打了多少拳，可悉陵累得不行了，才发现老虎已经七窍流血，死了。于是可悉陵把这头老虎献给了拓跋焘。

拓跋焘没有过分称赞他，说道："我们本来很有机会逃走，不跟老虎纠缠，实在走不了，大家一起上，也可以轻而易举地置老虎于死地，你偏要徒手和老虎单打独斗，你的勇敢和谋略确实超人一等，但应该用来造福国家，而不要再浪费在这种不必要的搏斗上了。要是万一出了点事，不是太可惜了吗？"

拓跋焘的话很有道理，可悉陵的行为表面上看勇猛无比，其实不过是逞匹夫之勇。我们的才能，不应该徒费在不值得的事上。

18. 驾驭木筏

传说中，有往来于天上人间的木筏，驾驭木筏的人是真正勇敢无畏的人。

西汉时期，有个隐士叫罗君平。据说，他知道往来于天上和人间的木筏从人间到天上的时间，因此，凡是要到天上去的人，临出发之前都要先到罗君平这里来。

这一天，木筏出发的时间快要到了，罗君平家聚满了将要乘筏上天的人。这时候，一个驾木筏的人从罗君平家中走了出来。上天的人中有一个赶紧上前，拉住他问道："上天要经过曲折的河水，而天又是那么高那么大，一路上还有神怪精灵，木筏在行驶中有时还会颠倒过来。你经常驾着木筏漂浮在这样的环境中，为什么你连手都不抖一下、一点也不害怕呢？"

驾木筏的人回答说："我用了多年时间来学习驾驭木筏的本领，又用了三年时间来亲自驾驭木筏，往来于天上人间。"

那人又问："仅仅靠本领和实践，就可以了吗？"

驾木筏的人说："当然不是。在每次驾木筏上天的时候，我忧虑的只是不知道自己到底能活多少年，而根本就不考虑木筏是否能够返回人间。我驾驭着木筏，一路上波浪翻腾，气候千变万化，反复无常。有时阳光灿烂，云蒸霞蔚，一下子又突然变得暗淡无光，明亮的白天刹时变成黑夜。有时候，木筏和波浪互相撞击，猛然震荡起来像脱缰的野马急驰狂奔，一会儿沉到波谷浪底，一会儿又像格斗一般冲向高高的浪尖，恍恍惚惚的样子，使我感到似乎有无数人在驾驭这木筏。每当这时，我的心情都非常镇定，一点儿也不慌张。如果此刻心里一慌，手脚就会不听使唤了。只要心里不慌乱，怎么也不会跌倒，直至平安地到达目的地。"

那个问话的人深有感触地说："我想，你说的这些道理不仅适用于驾驭木筏，其实许多事情也都要这样才行啊！"

我们从驾驭木筏中可以领悟到：不管干什么事，遇到什么情况，都应该专心致志，毫不动摇，无所畏惧，勇往直前，这样才能克服困难，争取胜利。

19. 不怕鬼的和尚

合州这个地方有一座山神庙，庙中的山神是个不好侍候的鬼神，当地人每年按时供奉山神，丝毫不敢怠慢，山神稍有不如意，便一定有灾祸降临到人们头上。特别是，每次祭祀山神用的祭品，都必须是牛、羊、猪三牲俱全。尽管这里耕牛十分珍贵、紧缺，但人们被庙里的山神吓怕了，也只好忍痛杀牛贡献，年年如此，苦不堪言，不知何日才有个尽头。

话说蜀地有个和尚，法名善晓。这善晓和尚早年本是个做官的，只因看不惯官场黑暗，不愿合流，感到做官不遂心，于是出家做了和尚，弃官换了个自由。这一日，善晓和尚云游到了合州，听说了山神为害四方、给合州老百姓带来苦难的事，他心中甚是不平。

善晓和尚拿了板斧，怒气冲冲直奔山神庙。他一脚踏进山神庙，便怒不可遏地用板斧指着山神塑像骂道："祭天祭地，都不用三牲这么厚的供品，你这样的鬼神算个什么东西！怎么竟敢狂妄地超过天地的尊严呢？况且牛是耕地少不了的，是百姓过日子的依靠，你滥施淫威，逼人们把牛羊杀了，献给你享用，也太过份了！今天，我要替他们来出出这口恶气！"说罢，善晓和尚举起斧头，使劲向塑像砸去。他一阵左砍右砸，直到把塑像砸得粉碎，这才停住。他看着昔日作威作福的山神，此刻不过是散瘫在地上的一堆废物，不由得痛快地"哈哈"大笑起来。

善晓和尚怒打山神的事，一下子传开了，合州上下一片惊恐不安。人们全都为善晓捏着一把汗，也十分担心山神会来报复。有人窃窃私语："这下完了，山神绝不会善罢甘休的！"

可是，日子一天天过去了，不见有任何灾难降临，善晓和尚也一直安然无恙。老百姓这才如释重负，再也不用杀牛宰羊去供奉山神了，他们都对善晓和尚充满了感激之情。

可见，在勇敢者面前，鬼神也只能以失败告终。因此，我们首先是不能被所谓的鬼神在精神上压倒，其次是要有敢于抗争的精神，这样，恶势力就不可能为非作歹。

20. 果断的班超

东汉年间，班超帮助哥哥班固一起撰写《汉书》，但他认为一个男子汉的抱负不应只在纸笔上，于是弃文从武，参加了对匈奴的战斗。他坚毅果敢的性格使他在战场上屡建功勋。后来，东汉王朝为了联合西域各国共同抗御匈奴的侵扰，就派遣班超作为使节出使到西域去。

班超手持汉朝的节杖，带领着由三十六人组成的使团出发了。他们首先来到了鄯善国。班超晋见了鄯善国王，说："尊敬的国王陛下，我们汉朝的皇帝派我来，是希望联合贵国共同对付匈奴。我们吃过很多匈奴入侵的苦，应该携起手来，同仇敌忾，匈奴才不敢再猖狂肆虐呀！"鄯善国王早就知道汉朝是一个泱泱大国，国力强盛，人口众多，不容小视，现在又见汉朝的使者庄重威仪，颇有大国之风，果然名不虚传，就连连点头称是道："说得太对了，请您先在鄯国住几天，联合抵抗匈奴之事，容过两天再具体商议吧。"

于是班超他们就住下了。头几天，鄯善国王待他还挺热情，可是没过多久，班超便察觉国王对他们越来越冷淡，不但常找借口避开他们不见，就是好不容易见上了，也绝口不提联合抗击匈奴之事了。

班超有了一种不祥的预感，他召集使团的人分析说："鄯善国王对我们的态度越来越不友好了，我估计是匈奴也派了人来游说他，我们必须去探察一番，搞清事情的真相。"夜里，班超派人潜进王宫，果然发现国王正陪着匈奴的使者喝酒谈笑，看样子很是投机，就马上回来将这个消息报告给班超。接下来的几天，班超又设法从接待他们的人那里打听到，匈奴不但派来了使节，而且还带了一百多个全副武装的随从和护卫。他立刻意识到了事态已经发展到很严重的地步，就马上召集使团研究对策。

班超对大家说："匈奴果然已经派来了使者，说动了鄯善国王，现在我们已处于极度危险之中，如果再不采取有效措施，等鄯善国王被说服，我们就会成为他和匈奴结盟的牺牲品。到时候，我们自身难保是小事，国家交给的使命也就完不成了。大家说该怎么办？"大家齐声答应："我们服从您的命令！"班超猛击了一下桌子，果断他说："不入虎穴，焉得虎子！现在我们只有下决心消灭匈奴，才能完成我们的使命！"当夜，班超就带人冲进匈奴所驻的营垒，趁他们没有防备，以少胜多，终于把一百多个匈奴人全部消灭了。

第二天，班超提着匈奴使者的头去见鄯善国王，当面指责他的善变说："您太不像话了，既答应和我们结盟，又背地里和匈奴接触。现在匈奴使者已全被我们杀死了，您自己看着办吧。"鄯善国王又吃惊又害怕，很快就和汉朝签订了同盟协议。

班超的举动震动了西域，其他国家也纷纷和汉朝签订同盟，很多小国也表示和汉朝永久友好。班超终于圆满地完成了使命。

在危急的情境之下，就应当像班超一样果断，敢于冒必要的危险，才能够获得成功。如果这时还犹犹豫豫畏缩不前，后果就不堪设想了。

21．投鼠忌器

一个人家里面有很多的老鼠。这些老鼠十分猖獗，白天都敢大着胆子在房子里横冲直撞，在衣柜上、桌子上蹦来跳去，晚上还敢爬到人睡觉的床上，甚至爬到枕头边，冷不防吓你一大跳。更可恨的是，有些老鼠竟然躲进衣柜里面，在棉衣里面做窝，生儿育女。这家的主人恨死这些老鼠了，可又总是很难抓住它们。

一天晚上，这家主人刚刚吹灯睡下，老鼠便开始出来闹腾了。一只大老鼠从衣柜顶上跳下来，碰翻了桌上的油灯，油灯滚到主人床上，油撒在床上，真把主人气坏了。等主人赶紧翻身起床，老鼠早已跑得无影无踪。这家的丈夫咬牙切齿地说："看我不把这些断子绝孙的老鼠打死，我就誓不为人！"他的妻子也忿忿地说："太可恨了，只要再看到老鼠，不打死它才怪呢！"

一天，一只大老鼠正睡在主人家的一个大古董花瓶上。丈夫走过来看到了，他心里一阵高兴，他想：那天碰翻油灯的老鼠必定是它无疑了，今天叫你撞到我的手心里，这回机会来了，我一定要打死你，毫不留情！

于是，他操起一根木棍，蹑手蹑脚走到大花瓶跟前，举起木棍正要砸下去，冷不防被一双手将木棍抓住了，原来是他的妻子从厨房过来看到，紧急救"驾"的。他妻子一边抓住木棍一边阻止他说："你不能这样！你没看到这是我们家的古董吗？要是把这只大古董花瓶打碎了，那多可惜呀！为了打一只老鼠，也未免太不值了。"

丈夫还举着木棍，不甘心地说："你忘了这些坏东西害人的事吗？不能就这么便宜了它！"妻子坚持说："算了算了，还是大花瓶重要！"

丈夫没法，只好放下手中的木棍，走上前去，用手把睡在花瓶上的老鼠赶走了。

大老鼠依然回到它的窝里，每天照样出来作祟，而且还更加肆无忌惮，因为它已经掌握了主人的弱点。

这家主人又想打老鼠，又怕砸坏了东西，这样顾虑重重地办事，怎能把事情做彻底呢？

22. 诚心所致

熊渠子是楚国人，从小决心要练就过硬的射箭本领。十五岁那年，熊渠子辞别父母外出，拜名师学射。开始时，老师既不给他弓，又不给他箭，而是让他举石锁，熊渠子尽管不理解老师的用意，但是他想，既然老师让他这么做，那总是有道理的。于是他十分认真地用两只手轮换着将五十斤重的大石锁一次又一次举起来。起初手还发抖，一年后，便举重若轻，五十斤重的石锁在熊渠子手里已不算什么，老师便给他换成一百斤的石锁继续苦练臂力。五年后，当熊渠子能举起三百斤重的大石锁时，老师交给他一把大硬弓，还是没给他箭，老师让他每天对着目标瞄准，拉开弦和放开弦时双手不能有丝毫的颤动。熊渠子按照老师的教导又练了三年空弦，老师终于拿出箭来。这时候的熊渠子除了有强大的臂力外，还练就了一副敏锐精细的眼力，他在老师的指导下，抬弓搭箭，对准目标，百发百中，不论是空中的飞禽还是地上的走兽，就连敏捷的野兔子，只要被熊渠子的弓箭瞄准，便都是箭飞靶落。更为精彩的是，熊渠子百步开外举箭穿杨的本领，使他成为远近闻名的神射手。

二十五岁那年，熊渠子告别师父回家乡，一路上晓行夜宿。这一天走在路上，行至一片荒郊时已是夜间。突然，他看见前面正有一只老虎伏在路边，熊渠子冷不防吓出一身汗，他立刻下意识地抽出箭来，拉开硬弓，奋力朝老虎射去，不偏不斜正好射中。熊渠子赶紧爬下等待老虎作垂死挣扎。好一会过去了，老虎一点声响也没有，熊渠子想，老虎怎么就这么无声无息地死了呢？待他走近一看，哎呀，哪里是什么老虎，原来射中的竟是躺在路边的巨石，而且射出的箭有大半截已深深扎进石头中了。

熊渠子不禁心中奇怪：我怎么会有如此大的力气，竟将箭几乎全射进了巨石之中？于是他重新回到原来的位置，使足力气，朝巨石再射出一箭，只听咣噹一声，箭未中石。熊渠子不服气，连发几箭，尽管使出全身力量，眼前除了箭与巨石相击火星飞迸，却再也一箭未中，箭都不知弹飞到哪里去了。

所以说，只有在真正全神贯注、意念专一时，才能产生意想不到的效果，这就是"诚心"所产生的力量。

23. 狮猫斗大鼠

明朝万历年间，皇宫中出现了一只大老鼠，像猫一样大，危害非常剧烈。宫廷为了除掉这只大老鼠，派人到民间各处寻找最好的猫来制服它，可是每次将最好的猫捉来放到皇宫里，都被大老鼠吃掉。皇宫上下，真是一点办法也没有。

恰好外国使臣贡献了一只猫，叫"狮猫"。这"狮猫"长一身白毛，一根杂色毛也没有，浑身上下一片白，像一团雪。人们抱着它丢进那有大老鼠的屋子里，把门窗都关上，于是躲在外面偷偷地观看。只见狮猫蹲在屋子里的地上一动也不动。过了好久，那只恶老鼠探出洞口，先是犹豫不决、要出不出的样子，过了一会儿，才慢慢地从洞里爬了出来。它一发现狮猫，便大怒，恶狠狠地向猫扑过去。狮猫迅速地避开了它，跳到桌子上和茶几上，大老鼠也跟着跳到桌子上和茶几上。狮猫再次避开它，跳到地上。就这样反反复复、跳上跳下总有一百多次。大家在外面看着都以为这只狮猫胆小害怕，是只没有能耐、无所作为的下等猫。过了不多久，人们看见老鼠敏捷迅速的跳跃渐渐慢了下来，挺着的大肚子在那里一起一伏，仿佛是喘息不已，匍匐在地上好像是要稍稍休息片刻似的。这时只见狮猫飞快地从案几上跳下来，迅速地伸出两只利爪，狠狠揪住老鼠头顶上的毛，接着一口咬住了老鼠的脑袋。那只大老鼠拼命挣扎，狮猫狠狠逮住它下放。就这样狮猫同老鼠扭成一团，狮猫一阵"呜呜"地叫着，老鼠不停地发出凄厉的"啾啾"声。过了一会儿，老鼠凄厉的"啾啾"声没有了。大家急忙打开门一看，原来老鼠的脑袋早已被狮猫嚼碎了。这时人们才明白，狮猫避开老鼠，并不是胆怯害怕，而是要消耗老鼠的体力，等待老鼠疲惫时再向老鼠扑过去。那老鼠奔过来它就避开，老鼠跑开了它又去挑逗。狮猫就是用这种智谋逮住老鼠的。

那些仅凭一时之气就拔剑与人相斗的莽夫，与那骄横暴躁的老鼠又有什么两样呢！

这篇故事的寓意是：要取得斗争胜利，就要注重斗争的策略。只凭一时勇气，不讲斗争的策略，是无法战胜强大对手的。

24. 老曹斗鬼

古时候掌管钱粮的官员叫司农。有一个名叫曹竹虚的司农在与朋友闲谈时说：他有一个同族哥哥由安徽歙县到扬州去，途中经过一个朋友家，朋友将他留下小住几日。当时正值烈日当空、酷暑炎热的夏季。朋友把他引到自己的书房去坐，那书房又宽敞又凉快。两人谈得很投机，不知不觉天渐渐黑了下来，曹竹虚的哥哥老曹想就在朋友的书房里过夜。他的朋友对他说："我不是舍不得将书房让你住，只是这书房里晚上闹鬼，半夜出来怪怕人的。我怕你晚上看见了害怕，睡不好觉。"老曹却不以为然，偏要在那书房里住下，他的朋友没法，只好在书房里备下卧具，让老曹睡觉。

老曹由于好奇，又是新到朋友家，半夜时分，还没有睡着。过了一会儿，看到有一个东西慢慢地从门缝里爬了进来，模模糊糊看到是薄薄的，薄得只有两张纸片那么厚。那东西进来之后，渐渐地舒展开来，渐渐变作人的模样，越来越清楚了，原来是个女人。老曹一点儿也不怕，认真地看着。只见那女人忽然披散头发，吐出舌头，噢！原来是一个女吊颈鬼。老曹笑着说："你这还是原来这些头发，只是稍微乱了一些；也还是原来这只舌头，就是比刚才要略长了一些，变去变来都是你原来的头，你原来的头发，你原来的舌头，只不过是稍微乱了一些，长了一些，这又有什么可怕的呢！"那鬼听到后忽然把自己的头从颈子上摘下来，又放在案桌上。老曹看到后"哈哈"笑了起来，笑着说："刚才你有头，一会儿披散了头发，一会儿又弄长了舌头。你有头时尚且不值得害怕，更何况没有头了，更没有什么可怕的了。"鬼的本领已经使完了，见没有吓住老曹，转眼间一闪，不见了。第二天，老曹离开朋友家到扬州去了。

过了些时日，老曹从扬州回家的路上，又经过这里，仍住在朋友家这间书房里。也是到了半夜时分，看见门缝里又有什么东西在那儿慢慢地爬着。等到门缝里慢慢爬着的那家伙刚刚露出一个头时，老曹就冷不防猛地吐它一口唾沫，并大声说："又是这个叫人

扫兴的家伙作什么祟呢？没有什么值得害怕的，又来干什么?" 鬼
觉得再没有什么法子使老曹害怕了，竟然不敢进到书房中来了。

这个故事的寓意是告诉人们：对待鬼魅邪气要敢于揭露敢于斗
争，正气就会上升。否则，就会遭到鬼魅邪气的迫害。

25. 豁达先生

江南松江县有一个姓吕的人，乡试中榜上有名，考上了廪生。
他这个人性格很豪放，自己给自己取了个外号叫"豁达先生"。

有一天的后晌午，吕廪生豁达先生到县西某镇拜会朋友后回
家，路过西乡，天渐渐地黑下来了。刚刚翻过一个小山坡，穿过一
畦菜地，忽然看到一个妇人身材苗条，面部搽着淡粉，画着浓眉，
急急忙忙地拿着绳索向前走着。她望见了吕廪生略停了一下，便跑
到路旁一棵大树下躲起来了，但手中所拿的绳索却丢失在地上。吕
廪生拾起绳索看了一下，原来是一条草绳，用鼻子闻一下，有一股
阴冷腐臭的气味。他心里马上明白过来，这可能是别人讲的"吊死
鬼"，便将草绳藏到怀里，若无其事地一直朝前走。

姓吕的正朝前走着，那个妇人从树后走出来，不一会走到前面
拦住了他的路。吕廪生从路的左边走，她就拦住左边；向右边走，
她就拦住右边。左边走，左边拦；右边走，右边拦，反复多次就是
走不过去。天渐渐地黑了下来了，姓吕的心想：这就是大家所说的
"鬼打墙"了。你"鬼打城"我都不在乎，更何惧你"鬼打墙"！
于是他不顾一切地便向前硬冲撞过去。

那女"吊死鬼"拦他不住，突然大叫一声，马上变成披头散

发，满口、脸到处都在不断流着血的凶恶样子，连舌头都从口中伸了出来，越伸越长，一会儿伸了一尺有余，向着姓吕的跳跃。姓吕的对这女"吊死鬼"说："你刚才搽着粉，画过眉，打扮得漂亮的样子是想迷惑我，接着拦住我走路，不让我回家是想遮拦我，现在又变作这么副穷凶极恶的样子来，是想以此吓唬我。这又有什么用呢？你的三套本领都用了，我还是不怕的。我看你再也没有其他的本领使出来了吧！你还不知道我这个人，我就是豁达先生。你知道我这个豁达先生吗？"女鬼听了这番话后，只得恢复了原形，立即跪在地上向吕廪生跪拜不止，然后急急忙忙地走开了。吕廪生豁达先生仍然迈开大步向前走去。

　　这个故事告诉人们：一个人在前进的路上只要不受假象的迷惑，不畏困难的阻拦，不怕恶势力的恐吓，勇往直前，就会战胜困难，取得胜利。

26. 青骢马

　　伯乐在集市上选了一匹青骢马。他说，只要经过训练，这匹马一定可以成为千里马。

　　可是，一个月又一个月过去了，无论伯乐采取什么办法，青骢马的成绩始终不理想。每日的奔跑距离，总是在九百里左右徘徊。

　　伯乐对青骢马说，伙计，你得用功啊！再这样下去，你会被淘汰的！

　　青骢马愁眉苦脸地说，没法子啊，我已经尽最大的努力了。

　　伯乐问，真的吗？

青鬃马说，真的，我把吃奶的劲儿都使出来了。

新的一天训练开始了。青鬃马刚起跑，突然背后响起一声惊雷般的吼叫。青鬃马扭头一看，一头雄狮旋风般向它扑来。

青鬃马大吃一惊，撒开四蹄，没命地狂奔起来。

晚上，青鬃马气喘吁吁地回到伯乐身边说，好险！今天差点喂了狮子！

伯乐笑道，可是，你今天跑了一千里！

什么？我今天跑了一千里？青鬃马望望伯乐，伯乐脸上挂着神秘的笑容。

青鬃马心中豁然一亮。从此，它一上训练场，就设想有一头狮子在后面追。后来，它果然成了一匹千里马。

27. 猴子捞月

一群猴子在林子里玩耍，它们有的在树上蹦蹦跳跳，有的在地上打打闹闹，好不快活。它们中的一只小猴独自跑到林子旁边的一口井旁玩耍，它趴在井沿，往井里边一伸脖子，忽然大叫起来："不得了啦，不得了啦！月亮掉到井里去了！"原来，小猴看到井里有个月亮。

一只大猴听到叫声，跑到井边朝井里一看，也吃了一惊，跟着大叫起来："糟了，糟了，月亮掉到井里去啦！"它们的叫声惊动了猴群，老猴带着一大群猴子都朝井边跑来。当它们看到井里的月亮时，都一起惊叫起来："哎呀完了，哎呀完了！月亮真的掉到井里去了！"猴子们叽叽喳喳地叫着、闹着。最后，老猴说："大家别嚷嚷了，我们快想办法把月亮捞起来吧！"众猴都义不容辞地响应老猴的建议，加入捞月的队伍中。

井旁边有一棵老槐树，老猴率先跳到树上，自己头朝下倒挂在树上，其他的猴子就依次一个一个你抱我的腿，我勾你的头，挂成一长条，头朝下一直深入井中。小猴子体轻，挂在最下边，它的手伸到井水中，都可以抓住月亮了。众猴想，这下我们总可以把月亮捞上来了。它们很是高兴。

小猴子将手伸到井水中，对着明晃晃的月亮一把抓起，可是除了抓住几滴水珠外，怎么也抓不到月亮。小猴这样不停地抓呀、捞呀，折腾了老半天，依然捞不着月亮。

倒挂了半天的猴们觉得很累，都有点支持不住了。有的开始埋怨说："快些捞呀，怎么还没捞起来呢？"有的叫着："妈呀，我挂不住啦！"

老猴子也渐渐腰酸腿疼，它猛一抬头，忽然发现月亮依然在天上，于是它大声说："不用捞了，不用捞了，月亮还在天上呢！"

众猴都抬头朝天上看，月亮果真好端端在天上呢。

由于众猴不了解井中月亮的真相，以假当真，所以空忙一气，又愚蠢又可笑。

28.　良弓和利箭

有一个人背着一把大弓，四处游历。他那张弓确实是漂亮，雕花的弓弯，上好牛皮条做的弓弦，可就是空背在背上，英雄无用武之地。有人上前好奇地问他说："为什么只见你有弓而没有箭呢？"

那人骄傲地回答说:"我的弓是最好的弓,可惜还没有发现可供它使用的箭!"

又有一个人拿着一支箭,到处转悠。他那支箭的确是支好箭,箭头包着银,锐利而闪闪发亮,箭尾上带着漂亮的羽毛。可是这支箭只能一天到晚提在这个人手中,不能实现它高远的理想。有人走过去不解地问:"怎么你只是手里拿着一支箭空转悠,你的弓呢?"那人不以为然地笑笑说:"我这支箭太好了,举世无双,可惜还没有见到能发射它的好弓!"

这两个人的话被后羿听见后,后羿立即找到那个有良弓的人,又找到那个有利箭的人,对他们说:"你们的弓和箭的确都是上好的。可是,你的箭再好,不用弓发射,这支箭也只能束之高阁或被你永远地握在手中。再说你的弓,再好的弓如果没有箭,也只能是张空泛无用的弓。"

这两个人听了后羿一番话,似乎有些明白了。于是后羿对他俩说:"来,把你们的良弓、利箭合在一起,我来教你们射箭,你们再来真正领略一下你们的弓和箭好在哪里吧!"

这个故事告诉我们,有些事情是相互依赖对方而存在,通过对方才能显示出它本身的光彩来。如果我们看不到事物的相互联系而片面地强调一面,那就很难使之发挥出真正的优势来。

29. 只为对仗工整

李廷彦是宋代的一个小官吏,他常常喜欢写诗作赋,舞文弄墨。由于他水平不高,常因故弄玄虚而遭人讥笑。

　　一次，李廷彦诗兴又起，他提笔似乎一发不可收，竟洋洋洒洒写下一百韵。他得意洋洋地将写好的百韵诗献给他的上司欣赏，想在上司面前表现一下自己的才华，以博得上司重视。

　　这位上司颇为认真地打开百韵诗，刚刚看了几句，不觉鼻子一酸，眼泪夺眶而出。他把李廷彦叫到跟前，摇着头，指着诗句，唏嘘不已，连声说："真悲惨，真悲惨！"

　　李廷彦自己都搞不清楚是什么内容这么让上司伤心。上司指着诗句对李廷彦说："你看这里，你看这里。"

　　李廷彦一看，那两句写的是"舍弟江南殁，家兄塞北亡。"

　　上司接着说："没想到你家里屡遭灾祸到这般地步，怎不早告诉我，直到现在写在诗里让我知晓呢？"

　　李廷彦满心羞愧，红着脸站起身，一边摇头摆手一边解释说："大人，不是这样，不是这样。其实我家里什么事也没有发生，我只是为了诗句的对仗工整罢了，您可千万别以为这是真的啊！"

　　上司十分扫兴，似乎被愚弄了似的，他摇摇头，叹了口气，把百韵诗还给了李廷彦。

　　有些无聊文人，喜欢装腔作势，无病呻吟，写文章一味追求形式的虚美，竟到了自我诅咒的地步，实在让人哭笑不得。

30. 肠子烂了

　　从前，有个叫赵伯公的人，长得特别肥胖，肚子圆得裤带都几乎兜不住了，肚脐眼又大又深。夏天一个闷热的中午，赵伯公坐在树阴下，一边乘凉一边喝酒，还吃了好多西瓜和李子当下酒菜，十分潇洒惬意。不知不觉地，赵伯公多喝了几杯，头昏昏沉沉的，就一头躺在床上睡起觉来。

赵伯公有个顽皮的小孙子，爬到爷爷身上，骑在他的肚皮上玩。赵伯公睡得正香，鼾声如雷，一点也不知道。小孙子把爷爷当了一会儿马骑，觉得没意思了。再玩点什么好呢？他一眼瞧见赵伯公的肚脐眼，眼珠一转，有了主意。调皮的小孙子抓起桌上的李子，一个一个往赵伯公的肚脐眼里塞。赵伯公的肚脐眼也真够大的，竟然装下了七八个李子，可他自己还是睡得死死的，丝毫没有觉察到小孙子的恶作剧。

过了几天，肚脐里的李子全都腐烂了，流出汁来。赵伯公这才觉得肚脐有点疼，他低头一看，呀，不得了，只见红红的李子汁流得满肚子都是。赵伯公大惊失色，以为是肚子那儿烂了一个大窟窿，自言自语地说道："完了，肠子烂了，这回是非死不可了！"他把妻子和家人都叫到一起，痛哭流涕地说："我的肠子烂了，把肚子都烂穿了一个洞，看来我是活不了了，我实在舍不得你们和人间的生活，但是没有办法，我自己福薄命短，不得不先去了。我死后你们要好自为之，相亲相爱，不要吵闹斗气。"赵伯公说完了遗言，又亲自向妻子安排怎样操办葬礼的事，把他认为该办的事全都办好了以后，就开始一心一意地等待死神降临了。

一天过去了，什么事也没发生；两天过去了，赵伯公还好好地活着。三天以后，李子完全烂光了，李子核从赵伯公的肚脐里滚了出来。赵伯公奇怪极了，碰到家人就说："也不知是怎么了，从我的肚脐里滚出来好多李子核。"小孙子在一边听到了，拍手笑着说："爷爷，那是你睡着的时候，我塞进去的李子呀！"赵伯公听了恍然大悟：原来前几天流的是李子汁呀！这下，赵伯公转悲为喜了。

赵伯公遇事不作调查，随便凭主观臆断，结果酿成了一场虚惊。可见我们平时碰到事情，应该仔细分析，才能得出正确的结论。

31. 钻火与点灯

很久很久以前，人们还没有发明火柴、火石之类的东西，取火非常麻烦，要用特制的工具在选好的木头上钻出火星来。

有一天夜里，有个魏国人，睡觉睡到一半，肚子疼得醒了。他感到肚子里面好像有千万条小虫钻来钻去，奇痛无比。豆大的汗珠从他的额头上滚下来，他捂着肚子在床榻上打滚，大声叫看门人说："阿四，我得了急病了，肚子疼得不行，你快去钻木取火，好赶紧把灯给我点上！"

那天夜里没有月亮，天色特别暗，屋里更是黑得伸手不见五指。看门人什么也看不清，只得四下里胡乱摸索。他一下踢飞一个凳子，一下又差点在门槛上绊一跤。一时半会儿还真难找到钻木取火用的工具。

魏国人越等越不耐烦，不停地大声催促："你快点呀，怎么连这点小事也办不好呢！"又过了一小会儿，他干脆破口大骂起来："你这个蠢东西，我平时供你吃供你穿，到了关键时候，你倒什么都不好好做，还不如那条看门狗！"

看门人听到主人的声声催促，心里十分着急，越着急就越手忙脚乱，后来见主人竟这样不体谅人，说出这么多不堪入耳的难听话，非常生气，就忿忿不平地说："您责怪人也太不讲道理了！现在四周都是黑乎乎的，什么也看不见，您为什么不拿个灯来替我照个亮，好让我找到钻木取火的工具呀！"

看门人对主人的回答看似没有道理：让主人用灯照着他找工具点灯。要是灯能亮，那还要他找取火工具干嘛？同样道理，明明漆黑一片，你怎么还责怪人家没有很快找到工具呢？所以，看门人正是利用这样的回答，巧妙地指出了主人不讲道理的错误。我们在生活中也要注意不要犯同样的错误，凡事要调查清楚再说，不要不分青红皂白就随便责怪别人。

32.　独目网捕鸟

有一个人十分擅长捕鸟，他编织了捕鸟的罗网，那罗网上结满了密密匝匝的网眼，捕鸟人拿了这张网去捕鸟，每次都能捕到不少鸟雀。

这一天，捕鸟人又守候在树林里，他张开了他那张捕鸟罗网，又在网下撒些食物。不一会儿，有一群鸟雀飞下来了，果然，有不少的鸟雀撞到了网上，成了捕鸟人的囊中之物。

有个人一直在一旁看捕鸟人捕鸟，他觉得十分有趣。可是，他却发现了一个"秘诀"，那就是：一只鸟头只钻进一个网眼就被捉住了。于是他想道：既然网住一只鸟只需一个网眼就够，那干嘛还要去编结那么多的网眼呢？成百上千个网眼，难道一次能网那么多鸟吗？那个捕鸟人也真是不嫌麻烦，实在太笨了。现在看我的吧。

于是他回到家里，将捕鸟的罗网来了一次"革新"。他将麻绳一根根结成单独的小圆圈，然后把这些小圆圈分别系在一根长竹竿上，准备也到树林中去捕鸟。

他把长竿靠在树丫上，守候着鸟雀撞在那一个个的圆圈里，可是一批批的鸟飞下来，又都飞走了，他在树林里守候了一天，连一根鸟羽毛都没得到。

他沮丧地扛着长竹竿回家。路上人见了都觉奇怪，问他："你这个东西是做什么用的？"

他回答说："捕鸟用的。"

别人笑着说："新鲜！还没见过这种捕鸟的东西呢。"

他说："这是我改进后的独目网。一只鸟只需钻一个网眼，我做的这个网不是比一张连结许多网眼的大罗网省事多了吗？"

别人问他："那你捕的鸟呢？"

他惭愧地低头不语。

这个愚蠢的人只会片面、孤立地看问题，因此只看到了一只鸟钻一个网眼的表面现象，却不懂所有网眼在一起互相配合才能捕鸟的本质规律。

33. 取名不当

从前，在乡下，大人给小孩取名字时一般对男孩起名"大黑""二黑""冬苟"等等，对女孩一般起名"春花""春桃""腊梅"等等。这样，往往有许多名字相同，这种情况不少见。

乡间有一位做父亲的，要给他的两个儿子起名字，又想不与别人的名字相同，叫什么呢？想来想去，给他的大儿子起了个名字叫"盗"，给他的小儿子起名叫"殴"（打人的意思）。

光阴似箭，日月如梭，两个儿子也长大了，都长成"小后生"了。真是人生祸福难料。是福不是祸，是祸躲不过。

有一天，大儿子"盗"要到外地去办事，人已经走出了家门，走到大路上了。老大爷忽然想起了一件事要嘱咐大儿子一声，要把他喊回来，就在后边一面追赶着，一面大声喊："盗！盗！"

事也凑巧，说巧真是巧，巧得不得了！

恰巧本地官吏巡查要从这大道经过，还要走两里路才向右转弯，走上向东的大路打道回府。轿子正颤颤悠悠地向这边抬过来，他在轿子里坐了将近半个时辰，正想闭目养神打瞌睡。突然听到有人在大声喊叫"盗！盗！"一下子惊醒了，瞌睡也被这突如其来的喊叫声叫跑了。这官吏轻轻拉起轿帘朝叫喊的方向一看：只见一年轻后生在前面急急忙忙地走着，后面有个老大爷向这后生边追赶边大声叫"盗！盗！"

这还了得！太平世界，光天化日之下竟有人还敢行盗窃之事，竟然还是个身强力壮的后生偷盗老头的财物，简直是太不像话了！于是官吏拉开半边轿门的帘子对身边的护兵下令："你们快上去把那个正匆匆走着的后生给我抓起来！他是强盗。"

官吏听到老大爷叫喊"盗"，以为老大爷追赶的是强盗，就把"盗"抓住捆了起来。老大爷看到自己的大儿子被官吏误以为是强盗抓住并捆了起来，就想叫二儿子"殴"去向官吏说明实际情况，由于看到情况紧急，心里又着急，一时说不出别的话来，只是一个劲地喊着"殴！殴！"

官吏抓住了老大爷的大儿子"盗"后，不容"盗"分说，让士兵用粗麻绳将"盗"五花大绑绑得紧紧的，然后再带回府衙审问定罪。正准备起轿，又忽地听到老大爷急切地呼喊："殴！殴！"捆押"盗"的兵士都以为是老大爷示意要打这个年轻的"强盗"，于是乎拳头、木棒雨点般地朝"盗"头上、身上打下来了，要不是老大爷和他的二儿子及时跑到跟前把情况说明，差一点"盗"就被打死了。

这篇寓言故事告诉人们：要注意"名"与"实"相符，慎重地给事物以称呼；要防止因名废实，若名不符实，就会给人们造成误解，结果是事与愿违。

34. 虚言招谤

有一个大户人家的子弟夜里在深山行走迷了路，看见了一个岩洞，就想暂且进去休息一下。可刚进洞就看见已故去的一位同宗的前辈呆在里面，吓得不敢做声，但这位前辈招手相邀十分殷切。想他一生慈善，不会有什么坏心，这子弟就上前拜见。

前辈的形态和语调与生前没什么差别，略问了些家务事，互相感慨一番后，这位子弟问前辈说："您的墓地在另一个地方，可为什么要在这里呢？"前辈慨叹地说："我在世时没有什么过失，读书时只是循序渐进，做官时本份供职，也没有什么建树。想不到在下葬几年以后，墓前忽然树起了一块巨碑，上面刻的字除了我的姓名

官职外，大都言过其实，有的甚至是凭空捏造，乱吹一气。我一生
朴实无为，自己已经很不安了，如今又引得游人读了碑文后时常发
出讥笑的声音，周围的群鬼也不时聚在一起观看，更是嘲弄不已。
我实在受不了如此多的闲言碎语，于是就躲避在这里，只有等每年
祭扫之日，到原墓地去看看子孙罢了。"这位子弟婉言劝慰前辈：
"有道德、守孝道的人没有此等碑文不足以使家族荣耀。即便是大
学问家蔡邕也不免写些虚美之词，大文学家韩愈也曾笑谈自己靠写
溢美碑文赚过一些酒钱。古来已有许多这样的例子，您老又何必如
此耿耿于怀呢？"前辈严肃地说："是非曲直，都在人的心中，别人
即使可以虚言，自问却很羞愧。何况虚言实在没有什么益处，光宗
耀祖主要在于子孙发迹，我等又何必再用这些虚词来招人嘲笑呢？"
说完，拂袖离去。

这个寓言故事显然是虚构的，其意在警示活人：只有实事求是
地客观评价故人，才能使人心安理得，精神也才可长存。要知道，
心中的丰碑一定比竖起的巨碑更重要、更长久。

35. 驯化獐子

有一位客人去侯子家访问，送了他一只獐子。侯子问："獐子
可以驯化吗？"客人回答他说："在太平盛世里，野兽都可以成群地
出游，你难道不相信吗？为什么獐子不可以驯养呢？"侯子说："对
呀，我试试看吧。"

侯子为獐子造了间房子，开始驯养它。獐子的情绪很不稳定。

它一会儿低声呦呦地叫，叫过之后，就静静地呆在那里，一动不动，好像在思念什么；一会儿又嗥嗥地大叫，显得很是悲凉。到了晚上，獐子不愿被囚禁在房子里，常常用头去撞门。如果有人走近去看它，它就惊恐万状地在角落里缩成一团，一动不动地盯着来人。獐子虽然在这些方面表现得与人很相似，但还是难以将它的野性驯化。

仲凫王子听说了这件事，就去对侯子说："你显然不善于驯养獐子，为什么你不把它交给我驯养呢？"侯子回答说："你的院子里面有两条狗，大的像西旅氏的猛狗，小的也是韩之卢的后代，十分勇猛。如果獐子被这两条恶狗吃掉了，那可怎么办呢？"王子听了哈哈大笑，说道："你不但不善于驯养獐子，而且也不了解我的两条狗。我将会引着獐子去见那两条狗，然后逐渐让它们在一起吃食，逐渐让它们晚上同住一个地方，逐渐使它们成为好友，而且还要让它们的关系日益亲善。我既然驯养獐子，当然只会使它的生活更安定，怎么会去伤害它呢？"侯子听了这话，觉得有点道理，但还是嘱咐说："尽管如此，你还是派小童子看着点，用绳子把獐子拴起来，别让狗太接近它。"王子听罢沉思了一会没有说话。就这样，獐子就让这位王子带回去了。

过了三天，王子派人过来带话给侯子说："我已经不让童子看獐子了。我的那两条狗，看上去也很平静、安宁，不像是想侵犯獐子的样子。"又过了三天，王子又派人告诉侯子说："现在我已经把绳子解开了，我的那两条狗，也能与獐子和睦相处，很是亲热。虽然獐子还是存有戒心，但我相信很快就会好起来的。"又过了三天，王子再次派人送来消息："獐子已经消除了戒心，与我的两条狗真的是亲密无间了。"又过了三天，西旅氏狗却趁獐子熟睡的时候，咬住了它的喉咙，韩之卢狗咬住它的两肋，獐子就这样被咬死了。

愚蠢的仲炅王子不顾獐子和狗本是天敌，硬要逼它们相亲相爱，当然会造成可怕的后果。我们做事也是一样，不要违背规律蛮干，否则后果是不堪想象的。

36. 猎鹰擒鹏

楚文王年轻的时候，特别喜欢打猎。他一直希望能够拥有一只超凡脱俗、勇猛无比的猎鹰跟随左右，在打猎时助自己一臂之力。于是他命人在全国各地张贴告示，悬赏重奖献上优秀猎鹰的人。

果然有一天，一个人风尘仆仆地来拜见他，献给他一只猎鹰。这只猎鹰体态矫健，浑身的羽毛光滑油亮，像一匹褐色的缎子，没有一丝杂色，脚爪锋利得闪出道道寒光，样子威武神骏，果然不同于一般的猎鹰。楚文王很是高兴，想早些看到新得的猎鹰一试身手，于是就带着它到云梦泽去打猎。

楚文王叫人挖下了许多陷阱，里面埋上尖刺，又布下了大量用来捕捉动物的夹子和罗网，然后下令放火烧荒。一时间，浓烟滚滚，火光冲天，大小飞禽走兽争相奔逃。这样没头没脑的一阵乱穿，被火烧伤的、被烟熏倒的、掉进陷阱的、被夹子夹住的、被网罩住的动物不计其数。趁着这有利的时机，猎鹰们纷纷竖起了颈上的羽毛，拍打着双翅，竞相冲出去捕捉猎物，到主人面前邀功请赏。但不知为什么，这只刚被献上的猎鹰却伸着脖子，瞪着眼睛呆滞而漠然地瞧着眼前这一切，一点也没有准备去搏击的意思。

楚文王非常失望，将献鹰的人叫到跟前说："我的那些鹰已经为我捕获到了很多猎物了，只有你献的这只鹰连动也没动过，寸功未立。你好大的胆子，竟敢拿这种下等的蠢物来欺骗我，真是太不像话了！"

献鹰的人辩解说："我献的这只鹰如果也只和普通猎鹰一样，只有捕捉野兔山鸡之类猎物的能耐，那我怎么敢把它献给大王呢？请您耐心地等待显示它才能的机会吧。"

楚文王的怒气还未消，突然看见云雾中有一只巨大的飞禽在滑翔，全身洁白。它速度奇快，看不清形状，闪了几闪就不见了。这时候，那只猎鹰双眼光芒四射，展翅如一道闪电般冲向天空，一刹间也消失在人们的视线以外。

过了一会儿，天空中下起了大雪。待人们定睛细看，才发现是一片片洁白的羽毛。然后，一股殷红的鲜血像雨一般倾注下来，大家都被这奇观惊呆了。最后，一只硕大无朋的鸟掉落下来，两翅盖住了大片土地，粗粗一量，竟然有十几里宽。

大家一时都不认识它究竟是什么鸟，有一位博学多识的人终于认了出来，就告诉了楚文王说："这就是大鹏啊！"楚文王大喜，于是重重赏赐了那个献鹰的人。

在一般的猎鹰都能做的事情面前，这只不平常的猎鹰却显得连平庸的猎鹰也不如，而遇到了大鹏后，它才显出了本色。人也是一样，真正有才能的人只有在关键时刻才能发挥出作用，我们要有眼光，做到人尽其才、物尽其用。

37. 越人造车

越国没有车，越国的人也一直都不懂得该如何造车。越人很希望学会造车的技术，好将车用在战场上，增强本国的军事力量。

有一次，一个越人到晋国去游玩。野外空气新鲜、风景美丽，他一路走一路看，不知不觉到了晋国和楚国交界的郊野。忽然，不远处的一件东西将他的视线吸引过去。"咦，这不是一辆车吗？"这个越人马上联想起在晋国见到过的车。这东西确实是辆车，不过毁坏得很厉害，所以才被人弃置在这里，这车的辐条已经腐朽，轮子毁坏，轴也折断了，车辕也毁了，上上下下没有一处完好的地方。但这个越人对车本来看得不真切，又一心想为没有车的家乡立一大功，就想办法把破车运了回去。

回到越国，这个越人便到处夸耀："去我家看车吧，我弄到一辆车，是一辆真正的车呢，可棒了，我好不容易才搞到的呢！"于是，到他家去看车的人络绎不绝，大家都想一睹为快。几乎每一个人都听信了这个越人的炫耀之词，纷纷议论着说："原来车就是这个样子的啊！""看上去怕不能用吧，是不是损坏过呢？""你不信先生的话吗？车一定本来就是这个样子的。""对，我看也是。"这样，越人造起车来都摹仿这个车的形状。

后来，晋国和楚国的人见到越人造的车，都笑得直不起腰来，讥讽说："越人实在太笨拙了，竟然将车都造成破车，哪里能用呢?" 可是越人根本不理会晋人和楚人的讥讽，还是我行我素，造出了一辆辆的破车。

终于有一天，战争爆发了，敌人大兵压境，就要侵入越国领土了。越人一点也不惊慌，从容应战，他们都觉得现在有车了，再没什么可怕的，越人驾着破车向敌军冲过去，才冲了没多远，破车就散了架，在地上滚得七零八落，越国士兵也纷纷从车上跌落下来。敌军趁乱杀将过来，把越人的阵形冲得乱七八糟，越人抵挡不住，死的死，逃的逃，投降的投降，兵败如山倒。可是直到最后，他们也不知道自己是败在了车上。

向别人学习当然是对的，但是应该有所选择，去其糟粕，取其精华。要是连糟粕也一并纳入怀中，就会栽跟头了。

第三章　尔虞我诈篇（上）

1. 不识车轭

车轭是驾车时套在牲口脖颈上的一种木制驾具，略微弯曲有点像个"人"字形。

一天，一个郑国人走在路上捡到一个车轭。因为他从未套过牲口驾车，所以不认识这是个什么东西。回家后，他拿着车轭去问邻居说："这是个什么东西？"

邻居告诉他说："这是车轭。"

虽然这个郑国人知道了自己手里拿的这根弯木棒叫作"车轭"，但毕竟印象不深，他并没把这件事放在心上。第二天，这个人又在路上捡到一个车轭，他又拿去问邻居，邻居回答说："这是车轭。"

谁知这个郑国人听了以后，竟大怒。他说道："先前那个东西，你说是车轭，现在这一个，你又说是车轭，路上哪来这么多的车轭呢？我看这分明是你在骗我，你不是个好东西。"他说着、骂着，竟然抓起邻居的衣领同他打起架来。

一个人遇到了疑难事情，往往要请教别人。可是这个郑国人，既想请教别人，又不虚心，还要怀疑别人。他不知道自己的愚昧无知，却怀疑别人在欺骗自己。如此自以为是而又蛮横无理的人，真是愚蠢可笑。

2. 庄子知鱼乐

庄子在濠水桥上与著名的哲学家惠施一起散步。他看见鱼儿在水中悠然自得地游戏，便对身边的惠施说："这是鱼儿的乐趣啊！"

惠施不以为然地反问庄子："你不是鱼，怎么知道鱼儿是快乐的呢？"

庄子反唇相讥："那么，你不是我，怎么知道我不了解鱼的乐趣呢？"

两个人你一言我一语互不相让，惠施辩解道："我不是你，当然不知道你的感觉。你本来就不是鱼，你肯定也不会知道鱼的感觉。"

庄子到底是做学问的人，十分善于总结问题的症结。他认为两人争论的焦点是，你问我怎么知道鱼儿的快乐，这是你承认我了解鱼的乐趣以后才会提出的问题。于是他告诉惠施：

"那是因为我在桥上的心情很高兴，所以我就认为鱼儿在水中也是很快乐的。"

这篇寓言是中国古代一场著名的辩论，带有浓厚的哲学意味。

惠施的观点是，人只能自知，不能他知；而庄子的观点则是，人既可自知，又能感知其他事物。

3. 挥斧如风

战国时，有一个叫惠施的人，他是当时一位有名的哲学家。惠施和庄子是好朋友，但在哲学上他们又是一对观点不同的对手。庄子与惠施经常在一起讨论切磋学问。他们在互相争论研讨中不断深化、提高各自的学识。特别是庄子，从惠施那里受到很多启发。后来惠施死了，庄子再也找不到像他那样才智过人、博古通今，能与自己交心、驳难、使自己受益匪浅的朋友了。因此，庄子感到十分痛惜。

一天，庄子给一个朋友送葬，路过惠施的墓地，伤感之情油然而生。为了缅怀这位曲高和寡不同凡响的朋友，他回过头去给同行的人讲了一个故事：

在楚国的都城郢地，有这样一个泥水匠。有一次，他在自己的鼻尖上涂抹了一层像苍蝇翅膀一样又薄又小的白灰，然后请自己的朋友、一位姓石的木匠用斧子将鼻尖上的白灰砍下来。石木匠点头答应了。只见他毫不犹豫地飞快抡起斧头，一阵风似地向前挥去，一眨眼工夫就削掉了泥水匠鼻尖上的白灰。看起来，石木匠挥斧好像十分随意，但他却丝毫没有伤着泥水匠的鼻子；泥水匠呢，接受挥来的斧子也算是不要命的，可他却稳稳当当地站在那里，面不改色心不跳，泰然自若。倒是旁边的人为他们捏了一把冷汗。

后来，这件事被宋元君知道了。宋元君十分佩服这位木匠的高超技艺，便派人把他找了去。宋元君对姓石的木匠说："你能不能再做一次给我看看？"

木匠摇摇头说："小人的确曾经为朋友用斧头砍削过鼻尖上的白灰。但是现在不行了，因为我的这位好朋友现在已不在人世了，我再也找不到像他那样跟我配合默契的人了。"

庄子讲完了故事，十分伤感地看着惠施的坟墓，长叹了一口气，然后自言自语地说："自从惠施先生去世以后，我也失去了与我配合的人，直到现在，我再也没有能够找到一位与我进行辩论的人了！"

庄子和石木匠的感受向我们表明，高深的学问和精湛技艺的产生，依赖于一定的外界环境；红花虽好，还要靠绿叶扶持。一个人如果不注意从周围的人和事中吸取营养，他的智慧和技巧是难以得到发挥和施展的。

4. 梓庆制镶

梓庆是古代一位木匠，他擅长砍削木头制造一种乐器，那时人们称这种乐器为镶。

梓庆做的镶，看到的人都惊叹不已，认为是鬼斧神工。鲁国的君王闻听此事后，召见梓庆问："你是用什么方法制成镶的？"

"我是个工匠，谈不上什么技法。"梓庆回答说："我只有体会，在做镶时，从来不分心，而且实行斋戒，洁身自好，摒除杂念。斋戒到第三天，不敢想到庆功、封官、俸禄；第五天，不把别人对自己的非议、褒贬放在心上；第七天，我已经进入了忘我的境界。此时，心中早已不存在晋见君主的奢望，给朝廷制镶，既不希求赏赐，也不惧怕惩罚。"

梓庆在把外界的干扰全部排除之后，进入山林中，观察树木的质地，精心选取自然形态合乎制镶的材料，直至一个完整的镶已经成竹在胸，这个时候才开始动手加工制作。

"否则，我不会去做！"梓庆向鲁王详细介绍制镶过程后，继续说："以上的方法就是用我的天性和木材的天性相结合，我的镶制成后之所以能被人誉为鬼斧神工，大概就是这个缘故。"

这个寓言教育人们，要想成就任何事情，都必须执着、专一、忘我。梓庆制镶虽然有些过分夸大精神作用，但是强调干事业摒除杂念、精神专注是非常重要的。

5. 贵在认真

封疆官吏出任长梧的地方官。不日，他碰到孔子的学生子牢。三句话不离本行，他与子牢探讨治理地方、管理长梧的方法。

古时封建官吏被百姓尊称为封人。封人和子牢谈得很投机。他讲到自己的治理经验，认为处理政务绝不能鲁莽从事，管理百姓更不可简单粗暴。

从治理之道又谈到种田之道。封人说自己曾种过庄稼。那时，耕地马马虎虎，无所用心，果实结出来稀稀拉拉；锄草粗心大意，锄断了苗根和枝叶，一年干下来，收成无几。

听了封人的讲叙后，子牢很关心地打听他以后的状况。

封人告诉子牢，第二年便改变了粗枝大叶的毛病。从此开始深耕细作，认真除草，细心护理庄稼，想不到当年获得好收成，一年下来丰衣足食。

有了种田的失败和成功，封人悟出一条道理，做任何事都贵在认真。现在他出任地方官，便守住这条做人的准则。子牢常常拿封人的事教育他人。

一分耕耘，一分收获。种庄稼是这样，干其他任何事也是这样。

只有认真负责，通过艰苦细致的劳动才能达到理想的效果。认真是做好任何事情的保证和前提。

6. 造剑的人

大司马是楚国的官员，有一位专为他造剑的工匠，尽管有八十来岁，但打出的剑依然锋利无比，光芒照人。

"您老人家年事已高，剑仍旧造得这么好，是不是有什么窍门？"大司马赞叹老匠人高超的技艺。

老工匠听了主人的夸奖，心中有些不自在，他告诉大司马："我造了一辈子剑，我在二十岁时就喜欢造剑。除了剑，我对其他东西全然不顾，不是剑就从不去细看，一晃就过了六十余年。"

大司马听了老工匠的自白，更是钦佩他的献身精神。虽然他没有谈造剑的窍门，但他揭示了一条通向成功的道理。他专注于造剑技艺，几十年如一日，执着的追求使他掌握了造剑工艺，进而达到一种高妙的境界。有了这样的精神，哪有造剑不是又锋利又光亮的道理！

世上无难事，只怕有心人。种瓜得瓜，种豆得豆。精湛的技艺，丰硕的收获，事业的成功，都是靠专心致志终身追求而取得的。

7. 越石父

齐国的相国晏子出使晋国完成公务以后，在返国途中，路过赵国的中牟，远远地瞧见有一个人头戴破毡帽，身穿反皮衣，正从背上卸下一捆柴草，停在路边歇息。走近一看，晏子觉得此人的神态、气质、举止都不像个粗野之人，为什么会落到如此寒伧的地步呢？于是，晏子下车询问："你是谁？是怎么到这儿来的？"

那人如实相告："我是齐国的越石父，三年前被卖到赵国的中牟，给人家当奴仆，失去了人身自由。"

晏子又问："那么，我可以用钱物把你赎出来吗？"

越石父说："当然可以。"

于是，晏子就用自己车左侧的一匹马作代价，赎出了越石父，并同他一道回到了齐国。

晏子到家以后，没有跟越石父告别，就一个人下车径直进屋去了。这件事使越石父十分生气，他要求与晏子绝交。晏子百思不得其解，派人出来对越石父说："我过去与你并不相识，你在赵国当了三年奴仆，是我将你赎了回来，使你重新获得了自由。应该说我对你已经很不错了，为什么你这么快就要与我绝交呢？"

越石父回答说："一个自尊而且有真才实学的人，受到不知底细的人的轻慢，是不必生气的；可是，他如果得不到知书识理的朋友的平等相待，他必然会愤怒！任何人都不能自以为对别人有恩，就可以不尊重对方；同样，一个人也不必因受惠而卑躬屈膝，丧失尊严。晏子用自己的财产赎我出来，是他的好意。可是，他在回国的途中，一直没有给我让座，我以为这不过是一时的疏忽，没有计较；现在他到家了，却只管自己进屋，竟连招呼也不跟我打一声，这不说明他依然在把我当奴仆看待吗？因此，我还是去做我的奴仆好，请晏子再次把我卖了吧！"

晏子听了越石父的这番话，赶紧出来对越石父施礼道歉。他诚恳地说："我在中牟时只是看到了您不俗的外表，现在才真正发现了您非凡的气节和高贵的内心。请您原谅我的过失，不要弃我而去，行吗？"从此，晏子将越石父尊为上宾，以礼相待，渐渐地，两人成了相知甚深的好朋友。

晏子与越石父结交的过程说明：为别人做了好事时，不能自恃有功，傲慢无礼；受人恩惠的人，也不应谦卑过度，丧失尊严。谁都有帮助别人的机会，谁也会遇到需要别人帮助的难题，只有大家真诚相处，平等相待，人间才有温暖与和谐。

8. 燕人还国

有一个在燕国出生，在楚国长大，直至花甲之年还不曾回过家乡的燕国人，因为思乡心切，不顾年事已高，气血衰退，居然独自一人不辞劳苦，千里迢迢去寻故里。

他在半路上遇到一个北上的人。两人自我介绍以后，很快结成了同伴。他们一路上谈天说地，起居时互相照应，因此赶起路来不觉得寂寞，时间仿佛过得很快。不知不觉，他们就到了晋国的地界。

可是这个燕国人没有想到与自己朝夕相处、一路风尘的同伴竟在这时使出了捉弄人的花招。他的那个同伴指着前面的晋国城郭说道："你马上就要到家了。前面就是燕国的城镇。"这燕人一听，一股浓厚的乡情骤然涌上心头。他一时激动得说不出话来。他的两眼被泪水模糊了，脸上怆然失色。过了一会儿，那同伴指着路边的土神庙说："这就是你家乡的土神庙。"燕人听了以后，马上叹息起来。家乡的土神庙可是保佑自己的先辈在这块燕国的土地上繁衍生息的圣地呵！他们再往前走，那同伴指着路边的一栋房屋说："那就是你的先辈住过的房屋。"燕人听了这话，顿时热泪盈眶。滚滚的泪水把他的衣衫也弄湿了。祖居不仅是父母、祖辈生活过的城堡，而且是自己初生的摇篮。祖居该有多少动人的往事和令人怀念的、神圣而珍贵的东西呵！那同伴看到自己的谎话已经在燕人身上起了作用，心里暗暗为这种骗人的诡计自鸣得意。他为了进一步推波助澜，拿燕人取乐，没有等燕人的心情平静下来，又指着附近的一座土堆说道："那就是你家的祖坟。"这燕人一听，更是悲从中来。自己的祖辈和生身的父母都安息在眼前的坟墓里，这座祖坟不就是自己的根吗？虽然说这个燕人已年至花甲，然而他站在阔别多年的先辈坟前，却感到自己像一个失去了爹娘的孤苦伶仃的孩子，再也禁不住强烈的心酸，一个劲地放声痛哭起来。到了这个地步，那同伴总算看够了笑话。他忍不住满腹的畅快，哈哈大笑起来，像个胜利者一样，对燕人解嘲地说："算了，算了，别把身子哭坏了。我刚才是骗你的。这里只是晋国，离燕国还有几百里地哩。"听了同伴这么一说，燕人知道上了当。他怀乡念旧的虔诚心情顿时烟消云散。紧接着占据他心灵的情感是，他对因轻信别人而导致的过度冲动深感难堪。

当这个燕国人真正到了燕国的时候，燕国的城镇和祠庙，先辈的房屋和坟墓，已不像他在晋国见到的城市、祠庙、房屋和坟墓那样具有感召力。回到了自己的家乡，他触景生情的伤感反而减弱了。

在几十年里蓄积起来的一腔思乡激情提前在晋国爆发，随后又遭到了亵渎。因此，当他真的到了故乡，不仅再也无法重新积聚刚踏上归途时的那股强大的追求力量，而且神圣的信仰也被欺诈蒙上了一层暗淡的阴影。

这则寓言告诉我们，要用真诚的态度对待朋友和自己的事业。尔虞我诈到处泛滥的社会环境，很容易动摇人们高尚的信念。

9. 朝三暮四

宋国有一个狙公，十分喜爱猕猴。为了观赏这种似人非人、富有灵性的动物，他专门喂养了一群猕猴。狙公与猕猴相处久了，人猴之间的信息沟通就成了一种心领神会的交流。不仅狙公可以从猕猴的一举一动和喜怒哀乐中看出这种动物的欲望，而且猕猴也能从狙公的表情、话音和行为举止中领会人的意图。

因为狙公养的猕猴太多，每天要消耗大量的瓜、菜和粮食，所以他必须节制家人的消费，把俭省下来的食物拿去给猕猴吃。然而一个普通的家庭哪有财力物力满足一群猕猴对食物的长期需要呢。有一天，狙公发觉家里的存粮难以维持到新粮入库的时候，因此意识到限制猕猴食量的必要性。

猕猴这种动物不像猪、羊、鸡、犬，吃不饱时仅仅只是哼哼叫叫，或者外出自由觅食。对于猕猴，如果不提供良好的待遇，想让它们安分守己是办不到的。它们会像一群顽皮的孩子，经常给人闹一些恶作剧。既然没有条件让猕猴吃饱，又不能让它们肆意捣乱，狙公只好想主意去安抚它们。狙公家所在的村子旁边，有一棵高大的栎树。每年夏天，栎树枝杈上长出的密密麻麻的长圆形树叶，早已把树冠装点得像一顶华盖。这棵树下成了人们休息、纳凉的好地方。一到秋天，栎树上结满了一种猕猴爱吃的球形坚果橡子。在口粮不足的情况下，用橡子去给猕猴解馋充饥是个好办法。于是狙公对猕猴说："今后你们每天饭后，另外再吃一些橡子。你们每天早上吃三粒，晚上吃四粒，这样够不够?"猕猴只弄懂了狙公前面说的一个"三"。一个个立起身子，对着狙公叫喊发怒。它们嫌狙公给的橡子太少。狙公见猕猴不肯驯服，就换了一种方式说道："既然你们嫌我给的橡子太少，那就改成每天早上给四粒，晚上给三粒，这样总够了吧?"猕猴把狙公前面说的一个"四"当成全天多得了橡子，所以马上安静下来，眨着眼睛，挠着腮帮，露出高兴的神态。

一群辨不清"朝三暮四"和"暮三朝四"孰多孰少的愚蠢的猕猴，恰似那些没有头脑、只会盲目计较的人的一面镜子。不过，在另一方面，我们也应该认识到，在复杂的客观世界面前，看问题必须摒除实同形异的假象的诱惑。此外，在人际关系中，一定要讲原则、重信义，不做那种朝亲"三"，暮近"四"的见异思迁之人。

10. 小吏烹鱼

某一天，有人把一条鲜活的大鱼送到郑国子产的府上，以表达对这位卿相的恭敬。豪门大户平时并不缺一顿饭菜，所以子产便叫一个小吏把鱼放到池塘里养起来。

相府池塘里的鱼虽然很多，但并不是一个小吏所能轻易享用的。这次小吏见鱼就在手里，便悄悄拿回去煮着吃了。

事后，小吏报告子产说："我已经把那条鱼放到池塘里去了。您猜怎么着，那鱼刚一入水，呆头呆脑，稳不住身子。我当它是活不过来了。可是没过多久，鱼就缓过气来，甩了甩尾巴，一头钻进深水中去了。"子产高兴地说："好，好！这正是我们常说的'如鱼得水'。它找到合适的去处了。"

小吏见谎话没有被识破，从子产那里出来时很得意。他自言自语地说："都说子产很聪明，我看有点言过其实。鱼已经被我煮着吃了，他还以为正在池塘里欢着，嘴上不住地说什么'找到合适的去处了'。难道这合适的去处竟然是我的肚肠吗？哈哈！真有意思。"

子产能在郑国被人称为一个贤相，必然具备一定的才华。他被小吏所蒙骗的事实说明，一个有才学的人虽然难以被不合情理的话所蒙蔽，但不等于说他不会被合乎情理的话所欺骗。

11. 不死之药

有一个人拿着吃了可以长生不死的药来到楚国，要将这不死的药敬献给楚王。

宫廷的守门官捧着药过宫去，碰上宫中的卫士。卫士问："你拿的是什么好东西？"

守门官说："是不死的药。"

卫士说："是可以吃的吗？"

守门官说："当然是可以吃的呀。"

于是卫士从守门官手里夺过药就把它吃下去了。

楚王知道后，非常生气，立即派人去将卫士抓来，要将卫士斩首。可是卫士不慌不忙地对楚王说：

"大王先息怒，请听我说。我曾问过守门官这药能不能吃，他说可以吃，我才吃的。我是一个位居守门官之下的卑微小臣，我在征得守门官同意以后才吃那药的，因此我是无罪的。如果说那药是献给大王的，别人吃了就算是犯罪，那么这罪责应该由守门官来承担。再又说回来，如果那人献给大王您的真是不死之药，您就不该杀我，因为如果您把我杀了，那药岂不是死药吗？这么看来，那人把送给您的死药说成是不死之药而大王还准备重赏他，就说明他分明是在欺骗您。大王您如果杀了我一个无罪的小臣，等于是向世人宣布您被人欺骗的丑闻，大王您这样贤明的君主怎么也会被人欺骗呢？您倒不如饶恕我，把我放了，这么一来，世人将会称颂您的英明和大度。"

楚王听了卫士的一番话，觉得很有道理，于是下令把卫士放了。

其实这个卫士得以活下来，并不是什么"不死之药"的魔力，而是全凭着卫士自己的聪明才智。他用了一个逻辑的二难推理与楚王辩论，戳穿了"不死之药"的谎言。这则寓言告诉我们，只要有科学的头脑，一个"小人物"也可以不畏君主的强权，在坚持真理的斗争中作出贡献。

12. 自相矛盾

楚国有个人在集市上既卖盾又卖矛，为了招徕顾客，使自己的商品尽快出手，他不惜夸大其辞、言过其实地高声炒卖。

他首先举起了手中的盾，向着过往的行人大肆吹嘘："列位看官，请瞧我手上的这块盾牌，这可是用上好的材料一次锻造而成的好盾呀，质地特别坚固，任凭您用什么锋利的矛也不可能戳穿它！"一番话说得人们纷纷围拢来，仔细观看。

接着，这个楚人又拿起了靠在墙根的矛，更加肆无忌惮地夸口："诸位豪杰，再请看我手上的这根长矛，它可是经过千锤百炼打制出来的好矛呀，矛头特别锋利，不论您用如何坚固的盾来抵挡，也会被我的矛戳穿！"此番大话一经出口，听的人个个目瞪口呆。

过了一会儿，只见人群中站出来一条汉子，指着那位楚人问道："你刚才说，你的盾坚固无比，无论什么矛都不能戳穿；而你的矛又是锋利无双，无论什么盾都不可抵挡。那么请问：如果我用你的矛来戳你的盾，结果又将如何？"楚人听了，无言以对，只好涨红着脸，赶紧收拾好他的矛和盾，灰溜溜地逃离了集市。

楚人说话绝对化，前后自相矛盾，不能自圆其说，难免陷入尴尬境地。要知道，戳不破的盾与戳无不破的矛是不可能并存于世的。因此，我们无论做事说话，都要注意留有余地，不要做满说绝走极端。

13. 侏儒梦灶

卫灵公在位时，不大亲理朝政。这给一些有政治野心的人提供了可乘之机。他们用腐蚀、献媚的手段取悦于灵公，从而换取灵公的宠信。在封建官场的争权夺利中，弥子瑕是一个获胜者。他不仅使卫灵公对他言听计从，而且即使他用自己所把持的朝廷大权为非作歹，灵公也不去过问。对此，很多人深感痛恨。

有一次，一个侏儒求见灵公。进殿后，他兴冲冲朝灵公走去。到了灵公面前，他神秘地说了一句："我昨天做的一个梦已经应验了！"灵公好奇地问："是怎样的一个梦？"侏儒说："我梦见了一口灶。它预示我能见君王。现在我不是见到君王您了吗？这说明我的梦已经应验。"灵公一听很生气。他忿忿地说："人们都把国君比作太阳，你却把梦见灶与求见我联系在一起，真是岂有此理！"侏儒说道："请君王息怒。我这样讲是有道理的。大家都知道太阳的光芒普照天下，地上没有哪一件东西能遮挡其光辉；君王的功德荫庇全国，没有哪一个人能够取而代之。然而灶却不一样。如果有一个人坐在灶前烧火，就能把灶口完全遮住，他身后的人哪里还能看到灶膛里的光亮呢？现在君王身边不是经常只有一个人在那里'烧火'吗？既然如此，我见您之前没有梦见太阳而是梦见了灶，难道有什么不对吗？"

这篇故事，抓住了封建君王好大喜功、梦想与日同辉的自私心理，把一个不理朝政的昏君比作灶，其寓意是以此来藐视、刺激他，促使其摆脱坏人的控制，振兴朝纲。同时，寓言还告诫人们，我们对于弥子瑕那种通过给君王歌功颂德来博取名利的野心家，决不能掉以轻心。

14. 棘刺刻猴

燕王有收藏各种精巧玩物的嗜好。有时他为了追求一件新奇的东西，甚至不惜挥霍重金。"燕王好珍玩"的名声不胫而走。

有一天，一个卫国人到燕都求见燕王。他见到燕王后说："我听说君王喜爱珍玩，所以特来为您在棘刺的顶尖上刻猕猴。"燕王一听非常高兴。虽然王宫内有金盘银盏、牙雕玉器、钻石珠宝、古玩真迹，可是从来还没有听说过棘刺上可以刻猕猴。因此，燕王当即赐给那卫人享用三十方里的俸禄。随后，燕王对那卫人说："我想马上看一看你在棘刺上刻的猴。"那卫人说："棘刺上的猕猴不是一件凡物，有诚心的人才能看得见。如果君王在半年内不入后宫、不饮酒食肉，并且赶上一个雨过日出的天气，抢在阴晴转换的那一瞬间去看刻有猕猴的棘刺，届时您将如愿以偿。"

不能马上看到棘刺上刻的猕猴，燕王只好拿俸禄先养着那个卫人，等待有了机会再说。

郑国台下地方有个铁匠听说了这件事以后，觉得其中有诈，于是去给燕王出了一个主意。这匠人对燕王说："在竹、木上雕刻东西，需要有锋利的刻刀。被雕刻的物体一定要容得下刻刀的锋刃。我是一个打制刀斧的匠人，据我所知，棘刺的顶尖与一个技艺精湛的匠人专心制作的刻刀锋刃相比，其锐利程序有过之而无不及。既然棘刺的顶尖连刻刀的锋刃都容不下，那怎样进行雕刻呢？如果那卫人真有鬼斧神工，必定有一把绝妙的刻刀。君王用不着等上半年，只要现在看一下他的刻刀，立即就可知道用这把刀能否刻出比针尖还小的猕猴。"燕王一听，拍手说道："这主意甚好！"

燕王把那卫人召来问道："你在棘刺上刻猴用的是什么工具？"卫人说："用的是刻刀。"燕王说："我一时看不到你刻的小猴，想先看一看你的刻刀。"卫人说："请君王稍等一下，我到住处取来便是。"燕王和在场的人等了约一个时辰，还不见那卫人回来。燕王派侍者去找。侍者回来后说道："那人已不知去向了。"

这两件事中的虚伪，在实际验证之前即被一个铁匠用推理方法迅速戳穿，从而显示了劳动者的智慧；也嘲讽了封建统治者的无知无能。

这则寓言告诉我们，正确的推理方法跟实践活动一样，是我们认识世界的重要法宝。

15. 曾子杀猪

一个晴朗的早晨，曾子的妻子梳洗完毕，换上一身干净整洁的蓝布新衣，准备去集市买一些东西。她出了家门没走多远，儿子就哭喊着从身后撵了上来，吵着闹着要跟着去。孩子不大，集市离家又远，带着他很不方便。因此曾子的妻子对儿子说："你回去在家等着，我买了东西一会儿就回来。你不是爱吃酱汁烧的蹄子、猪肠炖的汤吗？我回来以后杀了猪就给你做。"这话倒也灵验。她儿子一听，立即安静下来，乖乖地望着妈妈一个人远去。

曾子的妻子从集市回来时，还没跨进家门就听见院子里捉猪的声音。她进门一看，原来是曾子正准备杀猪给儿子做好吃的东西。她急忙上前拦住丈夫，说道："家里养的猪，是逢年过节时才杀的。你怎么拿我哄孩子的话当真呢？"曾子说："在小孩面前是不能撒谎的。他们年幼无知，经常从父母那里学习知识，听取教诲。如果我们现在说一些欺骗他的话，等于是教他今后去欺骗别人。虽然做母亲的一时能哄得过孩子，但是过后他知道受了骗，就不会再相信妈妈的话。这样一来，你就很难再教育好自己的孩子了。"曾子的妻子觉得丈夫的话很有道理，于是心悦诚服地帮助曾子杀猪去毛、剔骨切肉。没过多久，曾子的妻子就为儿子做好了一顿丰盛的晚餐。

曾子用言行告诉人们，为了做好一件事，哪怕对孩子，也应言而有信，诚实无诈，身教重于言教。

一切做父母的人，都应该像曾子夫妇那样讲究诚信，用自己的行动做表率，去影响自己的子女和整个社会。

解读

韩宇◎编著

中华寓言 大智慧 下

中国出版集团
现代出版社

图书在版编目(CIP)数据

解读中华寓言大智慧(下)／韩宇编著. —北京：现代
出版社，2014.1

ISBN 978-7-5143-2154-8

Ⅰ. ①解… Ⅱ. ①韩… Ⅲ. ①寓言 - 作品集 - 中国
Ⅳ. ①I277.4

中国版本图书馆 CIP 数据核字(2014)第 008539 号

作　　者	韩　宇
责任编辑	王敬一
出版发行	现代出版社
通讯地址	北京市安定门外安华里 504 号
邮政编码	100011
电　　话	010 - 64267325 64245264(传真)
网　　址	www.1980xd.com
电子邮箱	xiandai@ cnpitc. com. cn
印　　刷	唐山富达印务有限公司
开　　本	710mm×1000mm　1/16
印　　张	16
版　　次	2014 年 1 月第 1 版　2023 年 5 月第 3 次印刷
书　　号	ISBN 978-7-5143-2154-8
定　　价	76.00 元(上下册)

目 录

第三章 尔虞我诈篇(下)

第四章　大智若愚篇

第五章　人心向善篇

第三章　尔虞我诈篇（下）

16. 鸥鸟与青年

从前，有位青年住在海边，非常喜欢鸥鸟，鸥鸟也乐于亲近他。每天晨曦初露，当他摇船出海的时候，总有一大群鸥鸟尾随在他的渔船四周，或在空中盘旋，或径直落在他的肩上、脚下、船舱里，自由自在地与青年一道嬉戏玩耍，久久不愿离去，相处十分和谐。

后来，青年的父亲听说了这件事，就对他说："人家都说海上的鸥鸟喜欢跟你一道玩耍，毫无戒备，你何不乘机抓几只回来，也给我玩玩？"他于是满口答应道："这有何难？"

第二天，青年早早地出了家门，他将小船摇出海面，焦急地等待着鸥鸟们的到来。可是，那些聪明的鸥鸟早已经看出了他今日的神情不对，因此总只是在空中盘旋，而不肯落到他的船上。当青年准备伸手抓它们的时候，鸥鸟们就"呼"的一声全飞走了，青年只好干瞪眼。

这个故事告诉人们：彼此交往要想达到和谐友好的境界，必须以互相真诚为前提。如果你自以为聪明，想心事去算计朋友，那么朋友必然会弃你而去。

17.　求千里马

传说古代有一个非常喜爱骏马的国君，为了得到一匹胯下良骑，曾许以一千金的代价买一匹千里马。普天之下，可以拉车套犁、载人驮物的骡、马、驴、牛多的是，而千里马则十分罕见。派去买马的人走镇串乡，像大海里捞针一样，三年的时间过去了，连个千里马的影子也没有见到。

一个宦官看到国君因得不到朝思暮想的千里马而怏怏不乐，便自告奋勇地对国君说："您把买马的任务交给我吧！只须您耐心等待一段时间，届时定会如愿以偿。"国君见他态度诚恳，语气坚定，仿佛有取胜的秘诀，因此答应了他的请求。这个宦官东奔西走，用了三个月时间，总算打听到千里马的踪迹。可是当宦官见到那匹马时，马却死了。

虽然这是一件令人非常遗憾的事，但是宦官并不灰心。马虽然死了，但它却能证明千里马是存在的；既然世上的确有千里马，就用不着担心找不到第二匹、第三匹，甚至更多的千里马。想到这里，宦官更增添了找千里马的信心。他当即用五百金买下了那匹死马的头，兴冲冲地带着马头回去面见国君。宦官见了国君，开口就说："我已经为您找到了千里马！"国君听了大喜。他迫不及待地问道："马在哪里？快牵来给我看！"宦官从容地打开包裹，把马头献到国君面前。看上去虽说是一匹气度非凡的骏马的头，然而毕竟是死马！那马惨淡无神的面容和散发的腥臭使国君禁不住一阵恶心。猛然间，国君的脸色阴沉下来。他愤怒地说道："我要的是能载我驰骋沙场、云游四方、日行千里的活马，而你却花五百金的大价钱买一个死马的头。你拿死马的头献给我，到底居心何在?!"宦官不慌不忙地说："请国君不要生气，听我细说分明。世上的千里马数量稀少，不是在养马场和马市上轻易见得到的。我花了三个月时间，好不容易才遇见一匹这样的马，用五百金买下死马的头，仅仅是为了抓住一次难得的机会。这马头可以向大家证明千里马并不是子虚乌有，只要我们有决心去找，就一定能找到；用五百金买一匹死马的头，等于向天下发出一个信号。这可以向人们昭示国君买千里马的诚意和决心。如果这一消息传扬开去，即使有千里马藏匿于深山密林、海角天涯，养马人听到了君王是真心买马，必定会主动牵马纷至沓来。"

果然不出宦官所料，此后不到一年的时间，接连有好几个人牵着千里马来见国君。

这则寓言通过价值五百金的马头使国君众望所归，招至卖马人纷至沓来的故事，说明为了做成一件大事，首先必须要有诚意和耐心。而一个人谋事的决心，不仅仅是反映在口头上，更重要的是应该用实际行动来体现。

18. 涸泽之蛇

那年夏季，久旱不雨。严重的缺水使庄稼地裂开一道道又宽又深的口子，不少的池沼也干涸了。原来栖息在水沼中的一些虫、鱼、蟹、蛙，能够搬迁的都搬走了。最后还剩下两条花蛇。它们眼看着池沼边的杂草全部枯槁，也准备另找一处安身之地。

临行之前，那小蛇对大蛇说："你身强力壮走得快。如果你在前面走，我在后面跟，这样目标太大。人们一看到蛇在行动，肯定会来捕杀。你走在我的前面，必然先遭祸殃。因此，我们应该换一种方式。你最好背着我走。因为人们从来没有见过哪一类蛇是这种模样，也从来没有看到哪一条蛇像这样行走，所以一定会起疑心。如果他们把我当成一位神君，对我们敬而远之，我们不是可以蒙混过关，安全抵达目的地了吗?"

大蛇觉得小蛇的话有道理，于是背起小蛇穿过大路，扬长而去。见到这两条蛇上下重叠着蜿蜒游走的人都很恐惧，谁也不敢靠近它们。这些人回去以后，一个个绘影绘声地向旁人描述自己所见到的情景，并煞有介事地说:"刚才我看见蛇神了。"

这则寓言启迪人们，要善于识别变化多端的诡计，我们看问题不能只看表面现象，而要透过现象去分析和把握事物的本质。

19. 人贵有自知之明

齐威王的相国邹忌长得相貌堂堂，身高八尺，体格魁梧，十分漂亮。与邹忌同住一城的徐公也长得一表人才，是齐国有名的美男子。

一天早晨，邹忌起床后，穿好衣服、戴好帽子，信步走到镜子面前仔细端详全身的装束和自己的模样。他觉得自己长得的确与众不同，高人一等，于是随口问妻子说:"你看，我跟城北的徐公比起来，谁更漂亮?"

他的妻子走上前去，一边帮他整理衣襟，一边回答说:"您长得多漂亮啊，那徐先生怎么能跟您比呢?"

邹忌心里不大相信，因为住在城北的徐公是大家公认的美男子，自己恐怕还比不上他，所以他又问他的姜说："我和城北徐公相比，谁漂亮些呢？"

他的姜连忙说："大人您比徐先生漂亮多了，他哪能和大人相比呢？"

第二天，有位客人来访，邹忌陪他坐着聊天，想起昨天的事，就顺便又问客人说："您看我和城北徐公相比，谁漂亮？"客人毫不犹豫地说："徐先生比不上您，您比他漂亮多了。"

邹忌如此作了三次调查，大家一致都认为他比徐公漂亮。可是邹忌是个有头脑的人，并没有就此沾沾自喜，认为自己真的比徐公漂亮。

恰巧过了一天，城北徐公到邹忌家登门拜访。邹忌第一眼就被徐公那气宇轩昂、光彩照人的形象怔住了。两人交谈的时候，邹忌不住地打量着徐公。他自觉自己长得不如徐公。为了证实这一结论，他偷偷从镜子里面看看自己，再掉过头来瞧瞧徐公，结果更觉得自己长得比徐公差。

晚上，邹忌躺在床上，反复地思考着这件事。既然自己长得不如徐公，为什么妻、姜和那个客人却都说自己比徐公漂亮呢？想到最后，他总算找到了问题的结论。邹忌自言自语地说："原来这些人都是在恭维我啊！妻子说我美，是因为偏爱我；姜说我美，是因为害怕我；客人说我美，是因为有求于我。看起来，我是受了身边人的恭维赞扬而认不清真正的自我了。"

这则寓言告诉我们，人在一片赞扬声里一定要保持清醒的头脑，特别是居于领导地位的人，更要有自知之明，才能不至于迷失方向。

20. 说话要看对象

孔子带着他的几名学生出外讲学、游览，一路上十分辛苦。这一天，孔子一行人来到一个村庄，他们在一片树荫下休息，正准备吃点干粮、喝点水，不料，孔子的马挣脱了缰绳，跑到庄稼地里去吃了人家的麦苗。一个农夫上前抓住马嚼子，将马扣下了。

子贡是孔子最得意的学生之一，一贯能言善辩。他凭着不凡的口才，自告奋勇地上前去企图说服那个农夫，争取和解。可是，他说话文绉绉，满口之乎者也，天上地下，将大道理讲了一串又一串，尽管费尽口舌，可农夫就是听不进去。

有一位刚刚跟随孔子不久的新学生，论学识、才干远不如子贡。当他看到子贡与农夫僵持不下的情景时，便对孔子说："老师，请让我去试试看。"

于是他走到农夫面前，笑着对农夫说："你并不是在遥远的东海种田，我们也不是在遥远的西海耕地，我们彼此靠得很近，相隔不远，我的马怎么可能不吃你的庄稼呢？再说了，说不定哪天你的牛也会吃掉我的庄稼哩，你说是不是？我们该彼此谅解才是。"

农夫听了这番话，觉得很在理，责怪的意思也消释了，于是将马还给了孔子。旁边几个农夫也互相议论说："像这样说话才算有口才，哪像刚才那个人，说话不中听。"

看起来，说话必须看对象、看场合，否则，你再能言善辩，别人不买你的账也是白搭。

21. 宋王出逃

　　西周时期的宋国是地处中原腹地的一个小国。自周武王灭商，由周公赐地封侯以来，这个由殷商后裔掌管的小国统治者一直过着苟且偷安、无所作为的生活。乃至春秋末年，强大的齐国起兵攻打宋国时，宋王还没有警觉。他虽然派了人去了解齐兵进犯的情况，但是对打听消息的人提供的情况并不相信。他派的探马回来说："齐兵已经迫近，都城里的人都很恐惧。"宋王身边的大臣却说："他这种说法分明是在动摇人心，是一种'肉自生虫'的表现，自己先从内部腐烂了。以宋国的强大和齐国的弱小而论，哪里就会危险到这种地步呢？"宋王听了这样的解释，立即以欺君之罪杀了那个探马。紧接着，宋王又派一个人再去了解齐兵的动向。使者回来以后说的情况和前一次没有两样。宋王愤怒之下又杀了这个使者。在很短的时间内，宋王竟一连下令杀了三个使者。

　　随后宋王又派了一个人出去侦察。这个人出了城没走多远就发现了齐兵。他在回城的路上碰到了自己的哥哥。哥哥问道："齐国马上就要兵临城下，宋国的都城危在旦夕，你现在打算到哪里去？"弟弟回答说："我受宋王之遣出来侦察敌情，没想到敌人已经这么近了。我正想回城报告敌兵迫近、国人恐慌的情况，但是又怕落得如同前几个使者那样的下场。讲真话会死，不讲真话被人发现恐怕也会死，所以此刻我不知如何是好！"他哥哥对他说："你千万不能再报告实情了。只要不是立即就死，即使齐兵攻破了城池，你还有一线逃生的希望。然而你若报告了实情，肯定会比别人先死。"弟弟按照哥哥的意图去做了。他回报宋王说："我出北门骑着马跑了好大一阵工夫，连个齐兵的影子也没见到。刚才进城后我看到各家各户都很安定。"宋王听了这话非常高兴。那些粉饰太平的大臣们借机表功地说："先前的那几个探子真死得应该。"欢喜之下，宋王赏了这个使者很多金钱。

此后不久，城门外齐兵旌旗如林、杀声震天。宋王看到大势已去，悔之莫及。他在仓惶之中带了几个护身的将领，匆忙跳上马车逃跑了。

因为形势紧迫，没有人去追究这个撒谎的使者。他趁都城上下一片混乱，逃离了宋国。后来他在别的国家竟然成了一个大富翁。

宋王及其宠臣，仅凭自己的主观意愿去判断别人言行的真伪，结果弄得国破家亡。从这一故事的教训中我们应该认识到，深入实际搜集第一手资料，以事实为根据对问题下结论，这是我们各项事业取得成功的根本保证。

22. 天帝杀龙

墨子在前往北方齐国的路途中，遇见了一位以卜卦算命为业的阴阳先生。阴阳先生对墨子说："天帝正好是今天在北方屠杀黑龙，而先生的皮肤是黑色的，所以千万不要到北方去。"

墨子没有听信阴阳先生的这一套，毅然继续向北前行。可是在到达山东的淄水南岸后，适逢河水猛涨，无法摆渡，于是只好原路返回。

阴阳先生再次见到墨子时，不无得意地炫耀："我不早就对您说过嘛，先生不要到北方去。现在的事实果然证明，我的预言是正确的。"

墨子对此不以为然，他反驳说："现在是南方的人不能到北方去，北方的人也不能到南方来。其实，他们的肤色各不相同，有的黑，有的白，为什么都不能如愿呢？这只是因为淄水猛涨形成了阻隔的缘故啊。况且依照你的理论，天帝每逢甲日乙日在东方屠杀青龙，逢到丙日丁日就在南方屠杀赤龙，逢到庚日辛日就在西方屠杀白龙，逢到壬日癸日就在北方屠杀黑龙。如此说来，天下之人就都不能出门远行了。这样做，既违背了人的意愿，又将使得天下空虚，一事无成。所以，你的虚妄之言实在是听不得啊！"

墨子用朴素的唯物主义观点批驳了阴阳先生的迷信妄说，这种建立在尊重科学、尊重事实基础上的大无畏精神，是值得学习和发扬的。

23. 本领不分大小

公孙龙是个有学问的人，他手下有不少弟子，个个都身怀技艺，各有一套本领。公孙龙在赵国的时候，曾对他的弟子们说："我喜欢有学识、有本领的人，没有本领的人，我是不愿和他在一起的。"

有个人听说了公孙龙，便前来求见，要求公孙龙收他做弟子。公孙龙见那人相貌平平，粗布衣帽，便问："我不结交没有本领的人，不知你有什么本领。"

那人说："大的本事我没有，只是我有一副好嗓门，我能喊出很大的声音，使离得很远的人也能听到。一般没有人能像我一样。"

公孙龙回头问他的弟子们："你们中间有没有喊声很大的人？"

弟子们争相回答说："我们都能喊大声。"说着还用眼斜瞟着那个前来求见的人，显出一种不屑的眼神。

那人说："我喊出的大声，非常人可比。"

公孙龙很有兴趣地说："那你们比试比试。"

于是弟子们推选了他们之中声音最大的一个做代表，与那人一起走到五百步开外的一座小丘背后，向公孙龙这边喊话。结果，除了那个人的声音外并不见弟子的半点声响。于是公孙龙把那人收留下来。可是，弟子们依然不免暗暗发笑，喊声大又算什么本领，喊声大派得上什么用场呢？老师是斯文人，难道要找个一天到晚替自己吵架、吼叫的人么？弟子们都不以为然。

过了不久，公孙龙到燕国去见燕王，他带着弟子们上路了。走了一段，不料碰到一条很宽的大河。可是河的这一边没有船，远远望那河对岸，却停着一只小船，艄公蹲在船尾正无事可干。

公孙龙马上吩咐那个刚收留的大嗓门弟子去喊船。那弟子双手合成喇叭状，放开嗓子大喊一声："喂……要船啦……"喊声亮如洪钟，直达对岸，那对岸船上的艄公站起身来，喊声的余音还在河两岸回响，以致慢慢传到很远很远的地方。

对岸那只船很快摇了过来，公孙龙一行人上了船，原先那些不以为然的弟子深深佩服老师及那位新来的朋友。

看起来，只要是本领，它总有用处，我们不应该排斥或看不起小本领，在关键时刻，小本领也能派上大用场。

24. 宋玉进谗

古时候，楚王手下有个叫作宋玉的大臣。宋玉相貌英俊，穿戴华丽，风流倜傥，又写得一手好文章，深得妇女们的倾慕。楚王欣赏他的才华，也很宠幸他，给他自由出入后宫的特权，以便宋玉能写出可供宠妃演唱的歌词来。

但是宋玉这个人的品质实在不怎么样，他十分好色，仗着楚王的信赖，常到后宫中和楚王的妃子们接近。日久生情，竟跟妃子们私通起来。天下没有不透风的墙，时间一长，就有些风声走漏出去，影响很不好。

楚国大夫登徒子是个刚直不阿的大臣，他也听到了一些不好的传闻，就去跟楚王进谏说道："大王，宋玉这个人长得很好看，又有一张能说会道的巧嘴，很能讨妇女们的喜欢。他又非常好色，不是个能洁身自好的人，您让他这样肆无忌惮地进出后宫，恐怕不太方便，要是万一惹出什么事来，岂不有损王室的威严？还是不要再让他接近妃子们了吧！"楚王听了，不禁有些心动。

不知怎么的，这件事却传到了宋玉的耳朵里。他勃然大怒，气急败坏地跑到楚王那里去，先替自己辩解了一番，说自己实在冤枉，因为才学高又得到楚王的恩宠，所以遭到别人的嫉妒和陷害。接着他便开始说登徒子的坏话，声色俱厉地告诉楚王："其实真正好色的人，正是登徒子本人啊！"

楚王很吃惊，问道："你这样说登徒子，有什么真凭实据吗？"

宋玉得意地说开了："证据确凿！登徒子的老婆是一个非常难看

的丑女人,她有一头乱蓬蓬的头发,嘴是三瓣的,牙齿稀疏,弯腰驼背,走起路来是个罗圈腿,东倒西歪。她全身还长满了疥疮。就是这样一个丑到极点的女人,登徒子还十分喜欢她,跟她连生了五个儿子,这不正说明他好色到了严重程度了吗?"

可怜登徒子连和他的丑妻感情好这件事都被宋玉用作攻击他好色的根据,可见只要想说一个人的坏话,是不愁找不到理由的。

25. 贾人重财

济阴的一个商人在过河时翻了船,他只好抓住水中漂浮的一堆枯枝乱草拼命挣扎。一个打鱼的人听到呼救的喊声,立即把船划过去救他。

商人看到了缓缓驶来的小船,顿时产生了获救的希望。然而汹涌的河水无情地告诉他,随时都有被淹没的危险。为了抓紧时间死里逃生,商人对着渔夫大声喊道:"我是济阴的名门富豪,只要你能救我,我就送给你一百金!"

渔夫使出浑身的力气,抢在商人沉没之前把他救到岸上。可是商人上岸后只给了渔夫十金。渔夫对商人说:"你不是答应给我一百金的吗?现在你得救了就只给十金,这样做对不对呢?"商人一听变了脸色。他恶狠狠地说道:"像你这样的一个渔夫,往常一天能挣几个钱?刚才一眨眼工夫你就得到了十金,难道还不满意吗?"渔夫不好跟他争辩,低着头,闷闷不乐地走了。

过了些日子,那个商人从吕梁坐船而下。他的船在半路上又触礁翻沉了。从前的那个渔夫碰巧正在附近。有人对渔夫说:"你为什么不把岸边的小船划过去救他呢？"渔夫答道："他就是那个答应给我酬金，过后却翻脸不认人的吝啬鬼！"说完，渔夫一动不动地站在岸上袖手旁观。不一会儿，那个商人就被河水吞没了。

在这个故事中，商人爱财如命、言行不一和渔夫见死不救的作为，反映出他们缺乏诚信和人道主义精神，都是不可取的。

26. 生木造屋

宋国大夫高阳应为了兴建一幢房屋，派人在自己的封邑内砍伐了一批木材。这批木材刚一运到宅基地，他就找来工匠，催促其即日动工建房。

工匠一看，地上横七竖八堆放的木料还是些连枝杈也没有收拾干净的、带皮的树干。树皮脱落的地方，露出光泽、湿润的白皙木芯；树干的断口处，还散发着一阵阵树脂的清香。用这种木料怎么能马上盖房呢？所以工匠对高阳应说："我们目前还不能开工。这些刚砍下来的木料含水太多、质地柔韧、抹泥承重以后容易变弯。初看起来，用这种木料盖的房子与用干木料盖的房子相比，差别不大，但是时间一长，还是用湿木料盖的房子容易倒塌。"

高阳应听了工匠说的话以后，冷冷一笑。他自作聪明地说："依你所见，不就是存在一个湿木料承重以后容易弯曲的问题吗？然而你并没有想到湿木料干了会变硬，稀泥巴干了会变轻的道理。等房屋盖好以后，过不了多久，木料和泥土都会变干。那时的房屋是用变硬的木料支撑着变轻的泥土，怎么会倒塌呢？"工匠们只是在实践中懂得用湿木料盖的房屋寿命不长，可是真要说出个详细的道理，他们也感到为难。因此,工匠只好遵照高阳应的吩咐去办。虽然在湿木料上拉锯用斧、下凿推刨很不方便,工匠还是克服种种困难,按尺寸、规格搭好了房屋的骨架。抹上泥以后,一幢新屋就落成了。

开始那段日子,高阳应对于很快就住上了新房颇感骄傲。他认为这是自己用心智折服工匠的结果。可是时间一长,高阳应的这幢新屋越来越往一边倾斜。他的乐观情绪也随之被忧心忡忡取而代之。高阳应一家怕出事故,从这幢房屋搬了出去。没过多久,这幢房子终于倒塌了。

高阳应的房子没住多久就倒塌的事实说明,我们做任何事情,都必须尊重实践经验和客观规律,而不能主观蛮干。否则,没有不受惩罚的。

27. 齐威王的礼物

齐威王在位的时候,有一年,楚国出兵大举进犯齐国。齐国的兵力远不是楚国的对手,齐威王情急之下,只好派人向赵国求救。

齐王拨出黄金一百两,车马十辆作为礼物交给淳于髡,让他带上这些礼物去赵国换取救兵。

淳于髡看着这一百两黄金和十辆车马,忽然大笑不止,把头上的帽缨都笑断了。

齐威王被笑得摸头不知脑,问淳于髡说:"你这样狂笑,是为什么呢?是不是觉得礼物太薄了呢?"

淳于髡忍住笑,回答说:"我怎么敢呢!"

齐威王又问:"那你为什么如此大笑不止呢?"

淳于髡回答说："我想起了今天早上看到的一件事，觉得非常好笑。"

齐威王问："什么事？"

淳于髡说："今天一早，我在来上朝的路上，看到一个农夫正跪在路旁祭田。他面前焚着三根香，摆着一小盅酒；他右手举起一只小猪爪，左手打着揖，祈求说：'土地爷啊，请您保佑我好运，让我肥猪满圈，五谷满仓，金银满箱，长命百岁，儿孙满堂，还要保佑我的儿孙个个富裕无比。'我见他祭品寒酸微薄，奢望却比天还高，不由得越想越好笑。"

齐威王听了，顿时恍然大悟，感到很是惭愧。于是，他赶紧命人备好黄金一千镒，白璧十对，车马一百乘，交给淳于髡前往赵国。

淳于髡带上这些东西，连夜奔赴赵国向赵王求援。

赵王接到礼物，迅速派出精兵十万，战车千辆，增援齐国。楚国得知赵国出兵的消息，星夜撤兵回国，齐国因此避免了一次战争的损失。

本来，齐威王企图以一点微不足道的礼物去换取赵国兵马救援，这跟那个吝啬农夫的行为没有什么两样。若不是淳于髡的智慧，齐国遭到的损失就远不是那些礼物的价值了。所以一个人如果对别人不大方，却希望别人对自己十分慷慨，这其实只是一厢情愿。

28. 张良与老人

张良是汉高祖刘邦的重要谋臣，在他年轻时，曾有过这么一段故事。

那时的张良还只是一名很普通的青年。一天，他漫步来到一座桥上，对面走过来一个衣衫破旧的老头。那老头走到张良身边时，忽然脱下脚上的破鞋子丢到桥下，还对张良说："去，把鞋给我捡回来！"张良当时感到很奇怪又很生气，觉得老头是在侮辱自己，真想上去揍他几下。可是他又看到老头年岁很大，便只好忍着气下桥给老头捡回了鞋子。谁知这老头得寸进尺，竟然把脚一伸，吩咐说："给我穿上！"张良更觉得奇怪，简直是莫名其妙。尽管张良已很有些生气，但他想了想，还是决定干脆帮忙就帮到底，他还是跪下身来帮老头将鞋子穿上了。

老头穿好鞋，跺跺脚，哈哈笑着扬长而去。张良看着头也不回、连一声道谢都没有的老头的背影，正在纳闷，忽见老头转身又回来了。他对张良说："小伙子，我看你有深造的价值。这样吧，五天后的早上，你到这儿来等我。"张良深感玄妙，就诚恳地跪拜说："谢谢老先生，愿听先生指教。"

第五天一大早，张良就来到桥头，只见老头已经先在桥头等候。他见到张良，很生气地责备张良说："同老年人约会还迟到，这像什么话呢？"说完他就起身走了。走出几步，又回头对张良说："过五天早上再会吧。"

张良有些懊悔，可也只有等五天后再来。

到第五天，天刚蒙蒙亮，张良就来到了桥上，可没料到，老人又先他而到。看见张良，老头这回可是声色俱厉地责骂道："为什么又迟到呢？实在是太不像话了！"说完，十分生气地一甩手就走了。临了依然丢下一句话，"还是再过五天，你早早就来吧。"

张良惭愧不已。又过了五天，张良刚刚躺下睡了一会，还不到半夜，就摸黑赶到桥头，他不能再让老头生气了。过了一会儿，老头来了，见张良早已在桥头等候，他满脸高兴地说："就应该这样啊!"然后，老头从怀中掏出一本书来，交给张良说："读了这部书，就可以帮助君王治国平天下了。"说完，老头飘然而去，还没等张良回过神来，老头已没了踪影。

等到天亮，张良打开手中的书，他惊奇地发现自己得到的是《太公兵法》，这可是天下早已失传的极其珍贵的书呀，张良惊异不已。

从此后，张良捧着《太公兵法》日夜攻读，勤奋钻研。后来真的成了大军事家，做了刘邦的得力助手，为汉王朝的建立，立下了卓著功勋，名噪一时，功盖天下。

张良能宽容待人，至诚守信，做事勤勉，所以才能成就一番大事业。这也告诉我们，一个人加强自我修养是多么重要。

29. 负荆请罪

战国时期，赵国的蔺相如几次出使秦国，又随同赵王会见秦王，每次都凭着自己的大智大勇，挫败骄横的秦王，因此赵王很是器重蔺相如，一下子将他提拔为上卿，位在老将军廉颇之上。

战功卓著的将军廉颇见蔺相如官位比自己还高，很不服气，他到处扬言说："我为赵国出生入死，有攻城夺地的大功。而这个蔺相如，出身低微，只是凭着鼓动三寸不烂之舌，就能位在我之上，这实在是让我难堪! 以后我再见到蔺相如，一定要当着众人的面羞辱他。"

蔺相如听说后，就总是处处躲开廉颇。有一次，蔺相如坐车在大街上走，忽然看见廉颇的马车正迎面驰来，便赶紧命人将自己的车拐进一条小巷，待廉颇的车马走过，才从小巷出来继续前行。

蔺相如的随从们见主人对廉颇一让再让，好像十分惧怕廉颇似的，他们都觉得很丢面子，便议论纷纷，还商量着要离开蔺相如而去。

蔺相如知道后，把他们找来，问他们道："你们看，是秦王厉害还是廉颇厉害？"

随从们齐声说："廉颇哪能跟秦王相比！"

蔺相如说："这就是了。人们都知道秦王厉害，可是我连威震天下的秦王都不怕，怎么会怕廉将军呢？我之所以不跟廉将军发生冲突，是以国家利益为重啊！你们想，秦国之所以不敢侵犯赵国，不就是因为赵国有我和廉将军两个人吗？如果我们两个人互相争斗，那就好比两虎相斗，结果必有一伤，赵国的力量被削弱，赵国就危险了。所以我不计较廉将军，是为了赵国啊！"

后来这些话传到廉颇那里，廉颇大受感动。他想到自己对蔺相如不恭的言语和行为，深感自己错了，真是又羞又愧。好一个襟怀坦白的廉颇老将军，脱光了上身，背着荆条，亲自到蔺相如府上请罪。蔺相如赶紧挽起老将军。从此后，廉颇和蔺相如两个人，将相团结，一心为国，建立了生死不渝的友情。当时一些诸侯国听说了以后，都不敢侵犯赵国。

蔺相如不计个人恩怨，以国家利益为重的高风亮节和廉颇知错即改的坦诚襟怀，都在启发人们，在任何时候都要顾全大局，把国家民族利益放在第一位。

30. 楚王的宽容

一次，楚庄王因为打了大胜仗，十分高兴，便在宫中设盛大晚宴，招待群臣，宫中一片热火朝天。楚王也兴致高昂，叫出自己最宠爱的妃子许姬，轮流着替群臣斟酒助兴。

忽然一阵大风吹进宫中，蜡烛被风吹灭，宫中立刻漆黑一片。黑暗中，有人扯住许姬的衣袖想要亲近她。许姬便顺手拔下那人的帽缨并赶快挣脱离开，然后许姬来到庄王身边告诉庄王说："有人想趁黑暗调戏我，我已拔下了他的帽缨，请大王快吩咐点灯，看谁没有帽缨就把他抓起来处置。"

庄王说："且慢！今天我请大家来喝酒，酒后失礼是常有的事，不宜怪罪。再说，众位将士为国效力，我怎么能为了显示你的贞洁而辱没我的将士呢？"说完，庄王不动声色地对众人喊道："各位，今天寡人请大家喝酒，大家一定要尽兴，请大家都把帽缨拔掉，不拔掉帽缨不足以尽欢！"

于是群臣都拔掉自己的帽缨，庄王再命人重又点亮蜡烛，宫中一片欢笑，众人尽欢而散。

三年后，晋国侵犯楚国，楚庄王亲自带兵迎战。交战中，庄王发现自己军中有一员将官，总是奋不顾身，冲杀在前，所向无敌。众将士也在他的影响和带动下，奋勇杀敌，斗志高昂。这次交战，晋军大败，楚军大胜回朝。

战后，楚庄王把那位将官找来，问他："寡人见你此次战斗奋勇异常，寡人平日好像并未对你有过什么特殊好处，你是为什么如此冒死奋战呢?"

那将官跪在庄王阶前,低着头回答说:"三年前,臣在大王宫中酒后失礼,本该处死,可是大王不仅没有追究、问罪,反而还设法保全我的面子,臣深深感动,对大王的恩德牢记在心。从那时起,我就时刻准备用自己的生命来报答大王的恩德。这次上战场,正是我立功报恩的机会,所以我才不惜生命,奋勇杀敌,就是战死疆场也在所不辞。大王,臣就是三年前那个被王妃拔掉帽缨的罪人啊!"

一番话使楚庄王和在场将士大受感动。楚庄王走下台阶将那位将官扶起,那位将官已是泣不成声。

如果我们都能正确分析问题,从大处着眼,不以眼前小事来干扰我们的心智,有时,坏事能变成好事。

31. 老鼠装死

苏轼在一次夜读中忽然听到一阵老鼠啃东西的声音。他估计这声音是从床下传出来的,于是用手在床上使劲地拍打了几下,想借此把老鼠吓跑。然而这种办法收效并不大,仅仅安静了一会,老鼠又不停地啃起东西来了。

夜里老鼠啃东西的声音既令人心烦,又让人恼怒,因此,苏轼吩咐书童去捉老鼠。

书童端着烛台往床下一照,发现咕唧咕唧的声音是从一个被绳子系住了口的严实袋子里发出的,于是高兴地说道:"哈哈,老鼠被关在袋子里面了,它还能往哪儿跑呢?"书童小心翼翼地解开系紧袋口的绳子,只让袋口露出一条狭窄的缝隙,试图等老鼠刚一露头就捉住它。可是书童等呀等呀，不仅没有等到老鼠出来，而且连一点响声也听不到了。因此，他感到非常奇怪。为了弄个水落石出，书童打开袋口，端起蜡烛把袋子里面照了个通亮。他发现袋中一动不动地躺着一只死老鼠。书童惊讶地说道："这真是怪事！刚才这袋子里分明有一只啃东西的活老鼠，它怎么会突然间死去呢？如果这只老鼠刚才就是一只死老鼠，那么啃东西的声音难道是鬼发出来的吗？"

好奇心驱使书童进一步往下追究。他两手抓着袋底把袋子往上一提，然后用力抖了几下，想把袋子抖落一空，看个结果。可是袋子里面除了老鼠没有旁物。他只听见老鼠落地"嘭"地一响，还没来得及去捡那只死鼠，却看到死鼠突然复活，一溜烟就逃走了。

苏轼被老鼠的吵闹折腾了半天，结果老鼠把他的书童弄了一个措手不及就溜掉了，因此心里很不愉快。他恨恨地说道："想不到一只老鼠有这么狡猾！它无法咬破坚固的袋子逃跑，就用啃咬之声招人来解开袋口；当你守候在袋口伺机去捉它的时候，它却装死蒙骗你放松警惕。一个小动物耍出的狡猾花招居然骗得过人，这实在是一件令人可恨的事情！"

一只老鼠，其体能和智能远不是人类的对手，但是这不等于说人类与一个弱小的对手相比，没有自己的短处。书童因为只看到了人类具有思维能力的长处，而忽视了老鼠求生的乖巧和逃生的敏捷，所以被弱小的对手所捉弄。这一故事告诉我们，谦虚谨慎、不骄不躁的作风，不仅是一个人取得节节长进的关键，而且是排除各种困难、克敌制胜的法宝。

32. 蜀鸡遇难

蜀鸡是一种体魄健壮的大种鸡。它身上的羽毛别具一格，形成自然美丽的花纹，而脖子上的羽毛则是一派红色。蜀鸡既具有观赏价值，又可以肉用，因此豚泽地方的人很喜欢饲养这种鸡。

豚泽一家农户养的蜀鸡在初春时节孵出了一窝可爱的小鸡。春分过后，天气逐渐转暖。眼看着这群小鸡一天一个样地长大起来。只要是风和日丽的天气，大蜀鸡就领着小蜀鸡到庭院里活动。大蜀鸡咯、咯、咯地叫着走在前面带路；小蜀鸡啾、啾、啾地叫着，连蹦带跳地跟在后面学步。虽然小蜀鸡叽叽喳喳的嘈杂叫声不绝于耳，但是大蜀鸡一刻也没有忘记自己的责任。鸡妈妈既是鸡宝宝的好老师，又是它们的守护神。

有一天，大蜀鸡正领着一群小蜀鸡在院子里散步，一只鹞鹰忽然从空中盘旋而下。大蜀鸡一见长着凶狠的爪子和长钩似利嘴的鹞鹰在头顶上盘旋，就知道来者不善。它迅速用翅膀把小鸡遮护起来，同时高昂起头颈，大声地吼叫，一眼不眨地死死盯住鹞鹰。鹞鹰看到大蜀鸡已有戒备，不敢轻易进犯。它在空中兜了几个圈子就没趣地飞走了。

过了一会儿，天上飞来一只乌鸦。大蜀鸡知道乌鸦平素只以树上的野果、田里的谷物和昆虫为食，性情不像鹞鹰那般凶猛，所以丝毫没有防范。它让乌鸦飞落到院子里和自己做伴，与小鸡一块啄食、玩耍。大约有一顿饭的工夫，大蜀鸡与乌鸦和睦相处，简直像亲兄弟一样。然而好景不长，当大蜀鸡完全丧失警惕、痴心陶醉在这天伦之乐中的时候，乌鸦猛然间用长长的大嘴巴叼了一只小鸡。然后，它用双脚使劲往地上一蹬，狠狠地扇了扇翅膀，一阵风似地飞走了。

大蜀鸡惊魂未定地站在尘土飞扬的院子里，呆呆地望着乌鸦渐渐远去的身影，感到心痛万分。它对于自己因判断错误而受乌鸦欺骗，从而导致亲生骨肉转瞬间惨遭横祸的严重过失懊丧不已。

这则寓言通过大蜀鸡丧子的失误告诉人们，狡猾隐蔽的敌人不仅像凶残露骨的敌人一样可恨，而且更难防范。

33. 山鸡与凤凰

一个楚国人外出时在路上碰到一个挑着山鸡的村夫。因为这人未见过山鸡，所以一见到长着漂亮羽毛和修长尾巴的山鸡就认定它不是一个俗物。他好奇地问村夫："你挑的是一只什么鸟?"那村夫见他不认识山鸡，便信口说道："是凤凰。"这楚人听了心中一喜，并感慨地说道："我以前只是听说有凤凰，今天终于见到了凤凰！你能不能把它卖给我?"村夫说："可以。"这楚人出价十金。那村夫想："既然这个傻子把它当成了凤凰，我岂能只卖十金?"当村夫把卖价提高一倍以后就把山鸡卖掉了。

这楚人高高兴兴地把山鸡带回家去，打算第二天启程去给楚王献"凤凰"。可是谁知过了一夜山鸡就死了。这楚人望着已经没有灵气的僵硬的山鸡，顿时感到眼前一片灰暗。此刻他脑海里没有一丝吝惜金钱的想法掠过，但对于不能将这种吉祥神物献给楚王却心痛不已。

这件事一传十、十传百，很快被楚王知道了。虽然楚王没有得到凤凰，但是被这个有心献凤凰给自己的人的忠心所感动。楚王派人把这个欲献凤凰的楚人召到宫中，赐给了他比买山鸡的钱多十倍的金子。

虚伪的人竭尽欺诈之能事，而诚实善良的人在不明真相的时候，还是一味以自己的忠诚在对待别人。

34. 山芋害人

有一天，柳宗元得了重病，脾脏肿得很大，而且时常心脏悸闷。他急忙请一医生治病。医生察看病情后说："依你现在的病情来诊断，服食茯苓应当最见疗效。"

第二天，柳宗元就叫人到集市上去买了一些茯苓来，自己煎着吃了。结果服药之后，病不仅不见好转，反而更加重了。柳宗元非常生气，派人把医生找来，责怪他医术不精，开错了药方。

医生听了柳宗元的话十分奇怪，自己行医多年，这种病也见过一些，的确是对症下药的。他便提出看看药渣子，是不是药买错了。医生一看药渣，一阵惊呼："唉呀，这全都是老山芋呀！是那个卖药的骗了你，你不辨真伪买下来。你自己糊里糊涂不识货，现在却又来责怪我，你也太过分了。"

柳宗元吃惊地望着药渣十分惭愧，慢慢又愤恨起来。从这件事推广开想，有不少事是与之类似的。人世间，拿着老山芋去冒充茯苓出售，使得人家病情加重的事，其实多得很！又有多少人能够辨别其中的真伪呢？

35. 昂贵的马鞭

有一天，市场上来了个卖马鞭的人。他的马鞭看上去似乎并不怎么样。

有个人问他："喂，卖马鞭的，你的东西多少钱呀？"他开口就把人吓一跳："五万钱。"买东西的人说道："你是不是疯了？这种马鞭人家才卖五十钱，你怎么卖这么多钱呢？五十钱怎么样？"卖马鞭的人忽然笑了起来，腰都笑弯了，理也不理他。这个人又试探道："那五百钱呢？"卖马鞭的人显出很生气的样子。这个人知道这马鞭不值什么钱，存心逗逗他，又说："五千钱总该行了吧？"卖马鞭的大怒道："你不想买就走，不用啰嗦，我是一定要五万钱才卖的！"

这时，有个有钱的少爷来买鞭子，见这卖鞭子的态度如此坚决，以为这鞭子真的有什么独到之处，就出五万钱买了下来，然后，他就拿着这根昂贵的马鞭，到处去给人看，炫耀说："瞧我这根马鞭，值五万钱呢！"

有识货的人拿过马鞭仔细看了看，只见鞭梢卷曲着，一点都不舒展，鞭把也歪歪斜斜的，木质更次，已经朽了，漆纹粗劣得很，拿在手里也感觉不到有什么份量。

于是他直截了当地问这个阔少爷："这根马鞭究竟有什么稀罕的地方，值得你花五万钱买下它呢？"阔少爷装模作样地说："我喜欢它金黄耀眼的颜色，那个卖鞭子的人还说了很多好处呢！"那人也不多说什么了，将马鞭浸在热水里，不一会儿，鞭子就扭曲了，收缩得厉害，金黄色也都掉了。原来这颜色是用栀子染的，光泽也是用蜡涂上去的。

阔少爷也明白了鞭子是劣等货，但又不愿丢面子，只得打肿脸充胖子，还是拿这马鞭用了三年。有一次，他骑马出去游玩，举起鞭子抽马时力气稍用大了点，鞭子竟马上断成了六截，他也从马上跌下来，还受了伤。而那断了的鞭子，原来只有一个空壳，里面什么也没有，已经朽成了一堆土。

卖马鞭的就是利用阔少爷这种人的虚荣心来出售劣质货。如果一个人只图虚名而不注重实际的话，是注定了要吃亏上当的。

36. 鳖与主人

有一个人捉到了一只鳖，他十分高兴地把鳖带回家。打算把鳖杀了，然后煮熟美美地吃一顿，可是他又不愿意承担杀害生灵的恶名。怎么办呢？他想了一个办法。

这个人将锅里盛满了水，用大火将水烧得滚开，再在锅上横搁一根细竹棍子，然后，他装着和鳖商量的样子对鳖说："听说你很会爬，我想看看你的本领。如果你能为我表演一次，从这根竹棍上爬过去，我就一定放了你！"

可怜的鳖看了看锅里烧得滚烫的水还在上下翻腾，热气直往上窜，如果在细竹棍上爬的时候，稍不小心，就会掉进锅里没命了。它想，这明明是主人故意设圈套要谋杀自己，但可怜的鳖依然存一线求生的希望，它想，只要自己万分小心，说不定还真能爬过去死里逃生哩。于是，鳖答应从开水锅上爬过去。

鳖鼓起了平生所有的勇气，集中了它有生以来的全部精力，小心翼翼、战战兢兢地从细竹棍的这一端爬过去，反正大不了就是一死。鳖咬紧牙关，一步步地爬，没想到，竟然真的爬过去了。当它爬到锅的那一边时，它几乎都要晕过去了，趴在地上再也动弹不得。

主人万没想到这鳖竟有这等幸运，它竟能从九死一生中解脱出来。然而，主人不甘心，他还是要吃鳖肉。于是他改口对鳖说："不错，真有本事，非常精彩！请你再表演一次，我还想再欣赏一遍。这次爬过来，说什么我也放了你！请来吧！"

鳖算是看清了主人的丑恶嘴脸，十分愤怒地说："你要想吃我，就明说好了，何必还这么煞费苦心地拐弯抹角呢！"

鳖怒斥那个伪善的主人的恶行，正好揭露了某些伪君子虚伪狡诈的真面目，他们明明要干坏事，却还冠冕堂皇地假装仁义道德。

37. 骗人的招牌

从前，有个人开了一家药店，专卖治脚茧的药。他为了招徕顾客，便想了个欺骗的方法，做了一块横匾招牌，上面写着"供御"二字，意在向人炫耀自己的药是供皇帝用的，因为这"御"字即是与帝王有关的称谓。

他这一招还真灵，果然许多长脚茧的人都来买他的药。有一天，来了几个读书人，走到这药店门口，看到这"供御"二字的横匾，甚觉好奇，其中一人径直走到柜台前问："请问卖的什么药？"那卖药人回答道："治脚茧的药。"那读书人回头朝同来的几人笑着说："这就奇怪了，皇帝从不自己走路，怎么会长脚茧，又怎么会用他这治茧的药呢？"几个读书人边议论边讥笑这个卖药人的愚蠢把戏，走开了。结果，这家药店的骗人"广告"被戳穿了，那些有脚茧的人也都不来买他的药了。

过了些时候，皇上知道了卖药人打着皇帝招牌行骗的事，便派人来传唤他，并要对他加罪。他一把鼻涕一把泪地哭着说："小的怎敢斗胆欺骗皇上呀！只不过是想借皇上的威名招引顾客罢了！"皇上这次总算慈悲为怀，考虑到卖药人只不过是为了谋生，于是并未治罪就把他放回去了。

卖药人回家后，立刻把店门上挂的那个横匾摘下来，在原有的"供御"之上，又增加了四个字："曾经宣唤"，依然想借此招徕顾客。

这卖药人虽然一再企图用欺骗的方式招引顾客，可他那愚蠢的招牌内容，不但于事无补，反而暴露了他的愚昧。更可笑的是他还死守愚蠢执迷不悟。

38. 人也有"黄"

有一条毒蛇因咬死了人，被阴曹地府的官吏抓到，送到判官那里。判官指着毒蛇喝道："你伤害了一条人命，依照法律该判你重刑！"那条蛇向前爬了几步，申诉道："判官，我知道我的确有罪，但是我也有过功劳，我的功劳足以赎我的罪过呀！"

判官问道："你一条毒蛇，有什么功劳？"

蛇指指自己的身体说："我身上有蛇黄，蛇黄可以治病，我的蛇黄已治活了好几个人，你看我不是功大于过么？你不应判我重刑。"

判官四处查访核实，证明蛇所说的是真话，便对蛇从轻发落了。

一年后，地府官吏又抓捕一头牛来审判。判官问过抓牛的原因后，斥责牛说："你依仗个子大，用犄角触死了人，应该将你处死！"

牛连忙请求说："判官，我身上有牛黄，牛黄可是宝啊，它能治病，曾经治活了好几个人，我的功劳难道不能抵偿一些罪过吗？你不能判我死刑啊！"

判官经过调查了解，证明牛所说情况属实，于是牛也得到了轻罚。

又过了一年多。一天，地狱官带上一个人来，对判官说："这个人活着的时候杀过人，可是在人世间他侥幸免死，现在也应该偿命了。"

那人一听，吓得直发抖，他连声说道："判官，我的身上也有'黄'啊！""什么？他的身上也有黄？"几个地狱官七嘴八舌议论开了。这一下，激怒了阴曹地府大小官员，判官大怒，指着这个人责问道："蛇黄、牛黄都可以入药，这是天下人都知道的事。你是个人，哪有什么黄呢？"

于是判官命左右官员交替着仔细查问，那个人狼狈极了，他无可奈何地说："实不相瞒，我身上没别的黄，只是羞愧惶恐而已。"

那个人企图混水摸鱼、蒙混过关，假称自己像蛇、牛一样也有"黄"，可是假的毕竟是假的，他的欺骗、狡辩还是掩饰不了事实，在认真仔细的盘查之下，他也终究难混过关。

39. 仙鹤生蛋

有个叫刘渊材的人，性情十分迂腐、古怪，又很爱虚荣。他家里养着两只鹤，只要有客人来家中，他总是既神秘又故意张扬地对客人夸口说："我家养了两只鹤，这可不是一般的鹤，它们是真正的仙鹤呀！人家所有的禽鸟都是卵生的，我养的仙鹤可是胎生的。"

这一天，刘渊材家又来了几位客人，他把客人请进屋，一坐下便夸起他那两只"胎生"的仙鹤来。刘渊材话还未说完，一仆人从后园跑来报告说："先生，咱家的鹤昨夜生了一个蛋，好大的蛋呀，跟大鸭梨一般大小呢。"

刘渊材的脸色立刻羞得通红，他觉得十分难堪。他斜着眼偷偷瞟了客人一下，对着仆人大声喝斥道："奴才胡说，你竟敢诽谤我的仙鹤呀！仙鹤怎么会生蛋呢？休要在此胡说八道！"

仆人只好没趣地走开了。几个客人站起身说："刘兄，难得您家养着仙鹤，让我们去看看，开开眼界吧。"

刘渊材只好带着客人一同到后园去观看仙鹤。他们来到后园，只见其中一只"仙鹤"正将后腿张开，身体趴在地上。客人们想叫仙鹤站起来，便用拐杖去吓它。不料，那鹤站起身来时，地上又留下了一枚鸭梨大的鹤蛋。

刘渊材的脸色涨得通红，他支支吾吾地自我解嘲，叹着气说："唉！没想到这仙鹤也会败坏仙道，和凡鸟一样了。"

其实，仙鹤只是传说中的鸟，平常我们养的鹤本来就是普通禽类，是卵生的。而这鹤的主人却偏要故弄玄虚，结果当众出丑，搞得十分难堪。

40. 打即是不打

杭州有个书生名叫丘浚，一天，他因事到灵隐寺去见一个名叫珊的和尚。那和尚正在吃茶休息，眼见来者只是个一般书生，不是当官之人，便对他非常怠慢，爱理不理的，既不让坐也没倒茶，把丘浚凉在一边。

正好这时，杭州刺史的儿子骑着马，带着几个随从，进得寺来。那珊和尚一见来人穿戴华贵，前呼后拥，甚是排场阔气，高头大马甚是威风，便换了一副笑脸，忙不迭地起身，恭敬地走下台阶，一直迎到寺外去了。

被冷落在一边的丘浚看到这些，很是不平，心里感到这和尚十分讨厌。待那刺史的儿子走后，丘浚气愤地质问和尚道："你这人怎么如此势利眼？见到我来，一副冷冰冰的样子；见到那有钱有势的人来，你便满脸堆笑，十二分地恭敬，我看你简直不像一个出家人！"

和尚却狡辩说："朋友，你不要误会！你不知道，在我这里，怠慢就是不怠慢，不怠慢就是怠慢。所以说，我对你才是真正的热情呢！"

丘浚听了，哈哈笑了起来，说："原来你跟我的习惯一样。"边说边拿起手杖在和尚脑袋上敲了几下说："在我这里，打你就是不打，不打你就是打，所以我只好打你了！"

和尚挨了几手杖，只好心里后悔。

这个聪明的书生以其人之道还治其人之身，惩罚了那个势利和尚，总算也出了点气。

第四章　大智若愚篇

1. 大鹏与焦冥

晏子是齐国有名的贤相。晏子很有学问，足智多谋，善于讽喻又敢于直谏，他经常跟齐王一起议论国家大事或谈论学问。

有一天，齐景公和晏子坐在一起聊天。齐景公问晏子说："天下有极大的东西吗？"晏子回答说："有哇。大王想要我说给您听吗？"齐景公说："我想知道天底下最大的生灵是什么？"

晏子说："在北方的大海上，有个叫大鹏的鸟，它的脚游动在云彩之中，背部高耸入青天，而尾巴则横卧在天边。大鹏在北海中跳跃着啄食，它的头和尾就充塞在天和地之间。它的两个阔大的翅膀一伸展，就无边无际看不到尽头。"

齐景公惊奇地说："真是不可想象！不可想象！那么，天下有没有极小的生灵呢？"

晏子回答说："当然有。东海边有一种小虫，它小到可以在蚊子的眼睫毛上筑巢。这种小虫子在巢里一代一代地繁衍生息。它们经常在蚊子的眼皮底下飞来飞去，可是蚊子连丝毫的感觉也没有。"

齐景公说："太妙了，我从来没有听说过这种新奇的事，那是什么虫子呀?"

晏子说:"我也不知道它确切的名字叫什么,只听说东海边有些渔民称这种虫子为'焦冥'。"

齐景公十分感慨地说:"世界之大,真是无奇不有啊!"

大鹏和焦冥,是先人们想象中的极大和极小的生灵。宇宙中物质的存在和运动,形式是极其复杂、多样的,因此,我们对世界的认识和对知识的追求也是永无止境的。

2. 望洋兴叹

绵绵秋雨不停地落,百川的水都流入黄河。水势之大,竟漫过了黄河两岸的沙洲和高地。河面也被水涨得越来越宽阔,已经看不清对岸的牛马了。河神见状欢欣鼓舞,他自我陶醉,以为天下美景已尽收自己的流域。

河神洋洋得意顺流东下,到达北海。朝东望去一片汪洋,看不见边际,这使他顿时大吃一惊,一扫洋洋自得的神情。他眺望无边的海神,不禁大发感慨:俗话说的真是好,只有见识短浅的人,才认为自己高明。这说的正是我这类的人啊!

一番反思,河神想到曾有人说过,即使是孔子的见闻与学识也还是有限的;伯夷的高尚品德也没能达到顶点。那时我并不相信这样的评价。今天我看到坦荡无垠的海神如此浩瀚广博,一望无际。在事实面前我才明白这话讲得对。要不,我的所作所为定会被深明大义的贤者所笑话。

听完河神的一番自省,海神开口了,他说,井里的青蛙由于受自身居住环境的限制，不可以同它讲大海；夏天的昆虫受季节的局限，不可以同它说冬天；见识浅的人孤陋寡闻，受教育有限，不会听懂大道理。现今，你河神走出河流两岸，眺望大海，开阔了眼界，知道自己渺小浅薄，才能同你谈谈大道理。

世界是无限的，人们对世界的认识也是无止境的。知道少的人，往往以为自己不知道的也少；知道多的人，才会懂得自己不知道的也多。自我满足是知识浅薄、眼光短浅造成的。

3. 井底之蛙

栖在井里的青蛙在井边碰上一只从东海而来的大鳖。青蛙看见大鳖，便对它心满意足地吹嘘自己的惬意："你瞧我住在这儿多么快乐呀！我从井栏上蹦进浅井，可以在井壁的缝隙里小憩。在井水里游耍，水面就托住我的胳肢和下巴。在软绵绵的泥地上漫步，淤泥就漫过脚背。看看周围的红虫、小螃蟹，它们谁也不能比我自由自在。"

井蛙喋喋不休地夸耀自己的安乐："我独自享受这口井儿，得意洋洋地站着，真是快乐极了。"它对海鳖发话，"先生，请问您，为什么不常常来光临咱水井，游览观光一番呢？"

海鳖经不住井蛙的怂恿，抵不住它的诱惑，也走到井边去瞧瞧。谁知它的左足还没踏进井底，右足却被井栏绊住了。它进退不得，迟疑了一会，回到了原处。

海鳖算是亲自领教了一番青蛙炫耀不已的井边环境。它忍不住向井蛙介绍大海的景象："我生活的大海用千里的遥远不足以形容海面的辽阔；用万尺深度不足以穷尽海底。在大禹时代，十年中有九年遭水灾，海面也并不因此而上涨；商汤时代，八年中有七年遇旱灾，海水也并不因此而下降。你要知道大海是不受旱涝影响而涨落。这也就是我栖息在广阔东海的乐趣！"

小小井蛙听了大海鳖对大海的描述，吃惊地瞪着圆圆的小眼睛，满脸涨得绯红，羞愧得一句话也说不出来。

人的生存环境决定人的思想认识。通过井蛙与海鳖的交往与对话，告诫人们：只有开阔眼界，才能解放思想。自以为是，自鸣得意往往是"闭关自守"、孤陋寡闻的结果。

4. 神鸟与猫头鹰

庄子的好朋友惠施被封为魏国的宰相后，庄子很为自己的朋友高兴，启程去访见惠施。

庄子的行动传到小人那儿，他便歪曲庄子的来意，从中挑拨说，庄子此番进京拜访，来者不善，意在谋取相位。惠施一听，心里十分恐慌，害怕丧失官位，于是下令搜捕庄子。为了抓到他，整整在国都搜查了三天三夜。

惠施的举动被庄子知道了，庄子索性主动登门求见。惠施见庄子竟敢自投罗网，吃惊不已。庄子也不向惠施多解释，只是坐下来讲了一个故事：

在南方，传说中有一种神鸟，与凤凰同类，名叫鹓鸰，它从南海出发飞往北海，在途中，若不见高高的梧桐树，绝不栖息；不是翠竹与珍稀的果实，绝不食用；不遇甘甜的泉水，绝不畅饮。

神鸟一路飞翔，它在天空看见地面上有只猫头鹰，正在啄食一只腐烂的死鼠。猫头鹰饥不择食，它在看见头顶上的神鸟后，以为是来抢食死鼠的，于是涨红了脸，羽毛竖起，怒目而视，作出决一死战的架势。它见神鸟仍在头顶飞翔，便对着它声嘶力竭地发出吓人的喝叫！

庄子把猫头鹰遇到神鸟的故事讲完后，坦然地走到惠施面前，笑着问他："今天，您获取了魏国相位，看见我来了，是不是也要对我恫吓一番呢？"说完，庄子放声大笑，拂袖而去。

有远大志向的人追求高洁却不被世俗小人理解。贪求利禄的小人用阴暗的心理来猜测人格高尚者的行为。真可谓以小人之心，度君子之腹。寓言讽刺鞭挞了权迷心窍的人。

5. 濮水垂钓

庄子在河南濮水悠闲地垂钓。楚威王闻讯后，认为庄子到了自己的国境内，真是机会难得，于是速派两位官员赶赴濮水。来者向庄子传达了楚威王的旨意，邀请庄子进宫，愿将楚国的治理大业拜托给庄子。

庄子手持钓竿听毕楚王的意图后，头也不回，他眼望着水面沉思片刻，说："楚国有神龟，死去已有三千年。楚王将它的骨甲装在竹箱里，蒙上罩子，珍藏在太庙的明堂之上供奉。请问：对这只神龟来讲，它是愿意死去遗下骨甲以显示珍贵呢，还是宁愿活着，哪怕是在泥塘里拖着尾巴爬行呢？"

两位来使听完庄子的一番发问，不加思索地回答："当然是选择活着，宁愿在泥塘生存。"

庄子见他们回答肯定，回过头悠然地告诉两位官员："有劳两位大夫，请回禀楚王吧，我选择活着！"

这篇寓言表现了庄子的人格高洁，不为徒有其表的名声、权势而放弃生命自由。人生最可贵的是生命，生命最可贵的是自由。

6. 大道无处不在

东郭子向庄子请教道家所谓的"道"究竟存于何处，庄子简单而明确地告诉他："大道无处不在。"

东郭子似乎对这一回答并不满意，他希望庄子能具体指出"道"在何方。

庄子于是说："'道'就在蝼蛄和蚂蚁中间。"

东郭子不解地问："'道'怎么会在这么卑微的生物中间存在呢？"

庄子接着说："'道'还存在于农田的稻谷和稗草之中。"

东郭子更糊涂了："这不是越发低贱了么？"

庄子仍然不紧不慢地说："怎么能说这是低贱呢？其实，'道'还存在于大小便里哩。"

东郭子以为庄子是在戏弄他，便满脸不高兴地闷坐在一旁，再也不作声了。

庄子知道东郭子产生了误会，便耐心地对他解释："您再三追问'道'存在于什么地方，但这个问题并不是'道'的本质。因为我们不可能在某一个具体事物中去寻找'道'，大道无处不在，万事万物都蕴含着'道'的规则，并无贵贱之别。"

庄子的理论说明，世间万物在生存的意义上都得遵循生存的规律，彼此并无高下尊卑之别。而有些人在生活中往往要刻意去分辨贵贱并分别待之，这只能暴露出自己的浅薄与无知。

7. 任公子钓大鱼

古代有一位任公子，胸怀大志，为人宽厚潇洒。任公子做了一个硕大的钓鱼钩，用很粗很结实的黑绳子把鱼钩系牢，然后用十五头阉过的肥牛做鱼饵，挂在鱼钩上去钓鱼。

任公子蹲在高高的会稽山上，他把钓钩甩进阔大的东海里。一天一天过去了，没见什么动静，任公子不急不躁，一心只等大鱼上钩。一个月过去了，又一个月也过去了，毫无成效，任公子依然不慌不忙，十分耐心地守候着大鱼上钩。一年过去了，任公子没有钓到一条鱼，可他还是毫不气馁地蹲在会稽山上，任凭风吹雨打，任公子信心依旧。

又过了一段时间，突然有一天，一条大鱼游过来，一口吞下了钓饵。这条大鱼即刻牵着鱼钩一头沉入水底，它咬住大鱼钩只疼得狂跳乱奔，一会儿钻出水面，一会儿沉入水底，只见海面上掀起了一阵阵巨浪，如同白色山峰，海水摇撼震荡，啸声如排山倒海，大鱼发出的惊叫如鬼哭狼嚎，那巨大的威势让千里之外的人听了都心惊肉跳、惶恐不安。

任公子最后终于征服了这条筋疲力尽的大鱼，他将这条鱼剖开，切成块，然后晒成肉干。任公子把这些肉干分给大家共享，从浙江以东到苍梧以北一带的人，全都品尝过任公子用这条大鱼制作的鱼干。

多少年以后，一些既没本事又爱道听途说、评头品足的人，都以惊奇的口气互相传说着这件事情，似乎还大大表示怀疑。因为这些眼光短浅、只会按常规做事的人，只知道拿普通的鱼竿，到一些小水沟或河塘去，眼睛盯着鲵鲋一类的小鱼，他们要想像任公子那样钓到大鱼，当然是不可能的。

目光短浅的人难以和志向高远的人相比，浅陋无知的人也不能和具有经世之才的人相提并论，因为二者的差别实在太大了。

8．游水之道

有一次，孔子带着他的几个学生到吕梁游览观赏美妙的大自然景色。只见那吕梁的瀑布飞流而下，从三千仞高处直泻下来，溅起的水珠泡沫直达四十余里以外。瀑布下来冲成一条水流湍急的河，在这里，就连鼋鱼、鼍鳖这一类水族动物都不敢游玩出没。然而，孔子却突然发现一个汉子跳入水中畅游。孔子大吃一惊，以为这个汉子有什么伤心事欲寻短见，于是，他立即叫自己的学生顺着水流赶去救那个人。

不料，那汉子在游了几百步远的地方却又露出了水面，上得岸来，披着头发唱着歌，在堤岸边悠然地走着。

孔子赶上前去，诚恳地问他说："我还以为你是个鬼呢，仔细一看，你实实在在是个人啊！请问，游水有什么秘诀吗？"

那汉子爽快地一笑说："没有，我没有什么游水的秘诀，我只不过是开始时出于本性，成长过程中又按照天生的习性，最终能达到一种境地是因为一切都顺应自然。我能顺着漩涡一直潜到水底，又能随着漩涡的翻流而露出水面，完全顺着水流的规律而不以自己的生死得失来左右自己的行为，这就是我游水游得好的道理。"

孔子又问道："什么叫做开始出于本性，成长中按照天生的习性，而有所成就是顺应自然呢？"

汉子回答说："如果我生在丘陵，我就去适应山地的生活环境，这叫出自本来的天性；如果长在水边则去适应水边的生活环境，就是成长顺着生来的习性；不是有意地去这样做却自然而然地这样做了，就叫顺应自然。"

孔子听了汉子的一番话，若有所悟地点头而去。

聪明的人之所以有智慧，就在于他能找到生活中的规律并掌握规律，因此做什么事都会得心应手，并且能达到出神入化的境地。

9. 东野稷驾马车

东野稷十分擅长于驾马车。他凭着自己一身驾车的本领去求见鲁庄公。鲁庄公接见了他，并叫他驾车表演。

只见东野稷驾着马车，前后左右，进退自如，十分熟练。他驾车时，无论是进还是退，车轮的痕迹都像木匠画的墨线那样的直；无论是向左还是向右旋转打圈，车辙都像木匠用圆规画的圈那么圆。鲁庄公大开眼界。他满意地称赞说："你驾车的技巧的确高超。看来，没有谁比得上你了。"说罢，鲁庄公兴致未了地叫东野稷兜了一百个圈子再返回原地。

一个叫颜阖的人看到东野稷这样不顾一切地驾车用马，于是对鲁庄公说："我看，东野稷的马车很快就会翻的。"

鲁庄公听了很不高兴。他没有理睬站在一旁的颜阖，心里想着东野稷会创造驾车兜圈的纪录。但没过一会儿，东野稷的马果然累垮了，它一失前蹄，弄了个人仰马翻，东野稷因此扫兴而归，见了庄公很是难堪。

鲁庄公不解地问颜阖说："你是怎么知道东野稷的马要累垮的呢？"颜阖回答说："马再好，它的力气也总有个限度。我看东野稷驾的那匹马力气已经耗尽，可是他还要让马拼命地跑。像这样蛮干，马不累垮才怪呢。"听了颜阖的话，鲁庄公也无话可说。

世间万物，其能力总有一个限度。如果我们不认真把握这个限度，只是一味蛮干或瞎指挥，到时候只会弄巧成拙或碰钉子。

10. 鲁侯养鸟

我国古代的那些国君，在他们自己的国家里都有着至高无上的地位。他们每天接受着至尊的膜拜，欣赏着最美妙的音乐，吃着最讲究最丰盛的食物。这些人养尊处优，却不见得有多少过人的智慧。

有一天，一只巨大的鸟飞落在鲁国都城的附近。这是一只海鸟。它的头抬起的时候，身高达八尺，样子长得很漂亮，很像传说中的凤凰。因此，人们都把它当作神鸟。

鲁国国君听了臣属关于这只大海鸟的汇报，决定以盛大的礼节郑重其事地迎接它。鲁侯在宗庙里毕恭毕敬地设酒宴招待海鸟。鲁侯命宫廷乐师奏起了最高级的《九韶》曲。这是舜帝时在最隆重的场合下才演奏的乐曲，共有九章。他又派人给海鸟摆满最上等、最神圣的"大牢"供品做食物，这些食物就是用很大的盘子盛着烤熟的全牛、全羊和全猪。鲁侯侍立在海鸟旁边，诚心诚意地请它食用。

海鸟看到这莫名其妙的场面，被吓得有些发呆。它离开了辽阔的大海，失去了宝贵的自由，看着面前纷乱的人世，只觉得头昏眼花，充满了惊恐和悲伤。海鸟始终不敢吃一块肉，不敢饮一杯酒。三天之后，它便在极度的惊吓忧郁中死去了。

鲁侯十分沮丧，还不知道自己到底错在何处。

其实，鲁国国君这是用供养自己的一套做法来养海鸟。他不知道世上万事万物皆有自身的特点和所应遵循的规律。而鲁侯却不看场合不分对象，只凭自己的想当然去办事，他不懂得用养鸟的办法去养鸟，结果事与愿违，做出了适得其反的蠢事来。

11. 神龟的智慧

有一只神龟被一个打鱼人捉住了，于是神龟托梦给宋国国王宋元君。

这天夜间，宋元君睡梦中只见一个人披头散发、探头探脑地在侧门窥视，并对宋元君说："我住在一个名叫宰路的深潭里。我替清江水神出使到河伯那里去，路上，被一名叫余且的渔人捉住了。"

宋元君早上醒来，想起夜间的梦，觉得奇怪，于是叫人占卜这个梦。占卜的人说："这是一只神龟给大王托的梦。"宋元君问左右的人说："有没有一个叫余且的渔人？"左右回答说："有一个渔人就叫余且。"于是，宋元君命令手下人传余且来朝见。

第二天，余且来见宋元君。元君问他说："你打鱼捉到了什么东西?"余且回答说："我用鱼网捕到了一只大白龟，龟的背围足有五尺长哩。"宋元君命令余且将白龟献上。余且赶忙回家将捉到的白龟献给了宋元君。

宋元君得到这只神龟后，几次想杀掉它，又几次想把它养起来，心中总是犹豫不决，最后只好请占卜的人来作决断。占卜的结果是："杀掉这只龟，拿它做占卜用，这是吉利的。"于是，宋元君命人将白龟杀死，剖空它的肠肚，用龟壳进行占卜，总共卜了七十二次，竟然次次都灵验。

后来，孔子对这件事深有感慨地说："这只神龟有本事托梦给宋元君，却没有本事逃脱余且的网；它的智慧能达到七十二次占卜没有一次不灵验的境地，却不能避免自己被开肠剖肚的灾祸。这样看来，聪明也有受局限的地方，智慧也有照应不到的事情。"

这个故事告诉我们，一个人的聪明才智哪怕再高，也比不上大家的智慧。因此，只有万众一心，群策群力，才能把事情做得比较周全。

12. 杞人忧天

春秋时代，有一个杞国人，总是担心有一天会突然天塌地陷，自己无处安身。他为此事而愁得成天吃饭不香，睡觉不宁。

后来，他的一个朋友得知他的忧虑之后，担心这样下去会损害他的健康，于是特意去开导他说："天，不过是一些积聚的气体而已。而气体是无处不在的，比如你抬腿弯腰，说话呼吸，都是在天际间活动，为什么你还要担心天会塌下来呢?"

那个杞国人听了，仍然心有余悸地问:"如果天是一些积聚的气体，那么天上的太阳、月亮、星星，会不会掉下来呢?"

开导他的朋友继续解释:"太阳、月亮、星星，也都只是一些会发光的气团，即使掉下来了，也不会伤人的。"

可是杞国人的忧虑还没有完，他接着问:"那要是地陷下去了呢? 又该怎么办?"

他的朋友又说:"地，不过是些堆积的石块而已，它填塞在东南西北四方，没有什么地方没有石块。比如，你站着踩着，都是在地上行走，为什么要担心它会陷下去呢?"

杞国人听了朋友的这一番开导之后，终于放下心来，十分高兴。他的朋友也为他不再因无端的忧愁而伤身体，感到了欣慰。

其时，有位楚国的思想家名叫长卢子的，在听说了杞国人和朋友的对话之后，不以为然，他笑着评论道:"那些彩虹呀，云雾呀，风雨呀，一年四季的变化呀，所有这些积聚的气体共同构成了天;而那些山岳呀，河海呀，金木火石呀，所有这些堆积物共同构成了地。既然你知道天就是积气，地就是积块，你怎么能断定天与地不会发生变化呢? 依我看，所谓天地，不过是宇宙间的一个小小物体，但它在有形之物中又是最大的一种，其本身并未终结，难以穷尽;因此人们对这件事也很难想象，不易认识，这都是很自然的。杞国人担心天会塌地会陷，这确实有点想得太远;然而他的朋友却说天塌地陷是根本不可能的，这也不对。天与地不可能不坏，而且终究是要坏的，有朝一日它真的要坏了，人们又怎么能不担心呢?"

对于这场争论，战国时的郑人列御寇也有说法。他认为:"说天与地会坏，是荒谬的;说天与地不会坏，也是荒谬的。天地到底会不会坏，我们目前尚不知道。不过，说天地会坏是一种见解，说天地不会坏也是一种见解。这就好像活人不知道死者的滋味，死者也不知道活人的情形；未来不晓得过去，过去也不能预测未来。既然如此，天地究竟会不会坏，我又何必放在心上呢？"

毫无疑问，如果用今天的科学常识来看待天和地，我们完全可以断言，那个杞国人和他的朋友，以及古代思想家长卢子和列御寇的观点都有偏颇。但这则故事仍然说明：对于一个时代所无法认知和解决的问题，人们不应该陷入无休止的忧愁之中而无力自拔。人生还是要豁达些好。

13. 两小儿辩日

大教育家孔子在周游列国时，有次往东方的一个地方去，半路上看见有两个十岁左右的小孩在路边为一个问题争论不休，于是就让马车停下来，到跟前去问他们："小朋友，你们在争辩什么呢？"

其中一个小孩先说道："我认为太阳刚出来的时候离我们近一些，中午时离我们远些。"另一个小孩的看法正好相反，他说："我认为太阳刚升起来时远些，中午时才近些。"先说的那个小孩反驳说："太阳刚出来时大得像车盖，到了中午，就只有盘子那么大了。这不是远的东西看起来小，而近的东西看起来大的道理吗？"另一个小孩自然也有很好的理由，他说："太阳刚升起来时凉飕飕的，到了中午，却像是火球一样使人热烘烘的。这不正是远的物体感到凉，而近的物体使人觉得热的道理吗？"

两个小孩不约而同地请博学多识的孔子来做"裁判"，判定谁是谁非。可这个看似简单的问题却把能言善辩的孔老先生也难住了，因为当时自然科学还不发达，很难说明两小孩所执理由的片面性，也就不能判断他们的谁是谁非了。孔子只好哑口无言。两个小孩失口笑了起来，说："谁说你知识渊博，无所不知呢？你也有不懂的地方啊！"

这个故事给我们的启示是：人生有限，知识无涯。从不同的角度会得出不同的看法，而要克服片面性就必须深化认识，进行辩证思维。

14. 飞必冲天鸣必惊人

春秋五霸之一的楚庄王，在历史上曾为楚国的发展建立过显赫的功业。可是在他登基的头三年内，却毫无建树，不理朝政，昼夜游戏，猜谜作乐，不听臣子的意见，并扬言：有敢进谏的，处以死刑。宫廷上下都十分着急，国家有这么个愚顽的国君怎么得了！

看到这种状况，有个叫成公贾的人决定冒死进宫规劝楚庄王。楚庄王对成公贾说：

"你知道，我是不准谁提意见的，你现在为什么不怕死来提意见呢？"

成公贾说："我来，不是给你提意见的，我只是想来跟大王一起凑趣解闷，猜猜谜语玩。"

楚庄王说："既然这样，那你说个谜我猜。"

成公贾说："好哇。"于是他给楚庄王说了一个谜语：

"有一只大鸟，停留在南方的一座山上，整三年了，它不动、不飞、也不叫。大工您说，这是只什么鸟呢？"

楚庄王稍作思考，便胸有成竹地说：

"这只大鸟停在南方的大山上，整整三年没有动，目的是在坚定自己的思想和意志；它三年不飞，是在积蓄力量使自己羽翼丰满；它三年不叫，是在静观势态，体察民情，酝酿声威。这只鸟尽管三年来一直没飞，可是一旦展翅腾飞必将冲天直上；尽管它三年来一直不叫，可是一旦鸣叫起来，必定会声振四方，惊世骇俗。成公贾先生，你放心吧，你的用意，我已经猜中了。"

成公贾惊喜地点点头，欣然离去。

第二天，楚庄王上朝处理国事。他根据三年来的明察暗访、调查研究和对大臣们政绩的考察情况，提拔了五位忠诚能干的大臣，罢免了十个奸狡无能的大臣。楚庄王的决定和处事的魄力，使文武百官大为佩服，因此大家都十分高兴。楚国的老百姓也都奔走相告，庆幸有了一位贤君。

有大智慧的人并不急着表现自己，他们往往先蓄足了底蕴，成竹在胸，一旦时机成熟，便会一鸣惊人。

15. 善解疙瘩

鲁国有一个乡下人，送给宋元君两个用绳子结成的疙瘩，并说希望能有解开疙瘩的人。

于是，宋元君向全国下令说："凡是聪明的人、有技巧的人，都来解这两个疙瘩。"

宋元君的命令引来了国内的能工巧匠和许多脑瓜子灵活的人。

他们纷纷进宫解这两个疙瘩，可是却没有一个人能够解开。他们只好摇摇头，无可奈何地离去。

有一个叫倪说的人，不但学识丰富、智慧非凡，就连他的弟子，也很了不起。他的一个弟子对老师说："让我前去一试，行吗？"

倪说信任地点点头，示意他去。

这个弟子拜见宋元君，宋元君叫左右拿出绳疙瘩让他解。只见他将两个疙瘩打量一番，拿起其中一个，双手飞快地翻动，终于将疙瘩解开了。周围观看的人发出一片叫好声，宋元君也十分欣赏他的能干聪明。

第二个疙瘩还摆在案上没动静。宋元君示意倪说的这个弟子继续解第二个疙瘩。可是这个弟子十分肯定地说："不是我不能解开这个疙瘩，而是这疙瘩本来就是一个解不开的死结。"

宋元君将信将疑，于是派人找来了那个鲁国人，把倪说弟子的答案说给他听。那个鲁国人听了，十分惊讶地说："妙呀！的确是这样的，摆在案上的这个疙瘩是个没解的疙瘩。这是我亲手编制出来的，它没法解开，这一点，只有我知道，而倪说的弟子没有亲眼见我编制这个疙瘩，却能看出它是一个无法解开的死结，说明他的智慧是远远超过我的。"

天下人只知道就疙瘩解疙瘩，而不去用脑筋推敲疙瘩形成的原因，所以往往会碰到死结，解来解去，连一个疙瘩也解不开。

这则寓言提醒我们，要像倪说的弟子那样用分析的眼光，区别对待不同性质的事物，这样才能绕过障碍，抓住关键，克服困难，顺利地解开自己工作中一个又一个的"疙瘩"；同时也要注意从实际出发，避免死钻牛角尖。

16. 轮扁削车轮

在我国春秋战国时代，有一位擅长做车轮的能工巧匠，他的名字叫轮扁。

一天，齐桓公在殿堂上读书，轮扁在堂下砍削车轮。齐桓公读书读到妙处，不禁摇头晃脑、口中念念有词，很是得意。轮扁见桓公这样爱书，心里觉得纳闷。他放下手中的锥子、凿子，走到堂上问齐桓公说："请问，大王您所看的书，上面写的都是些什么呀？"齐桓公回答说："书上写的是圣人讲的道理。"轮扁说："请问大王，这些圣人还活着吗？"齐桓公说："他们都死了。"于是轮扁说："那么，大王您所读的书，不过是古人留下的糟粕罢了。"

齐桓公很是扫兴。他对轮扁说："我在这里读书，你一个做车轮的工匠，凭什么瞎议论呢？你说圣人书上留下的是糟粕，如果你能谈出个道理来，我还可以饶了你，如果你说不出道理来，我非杀你不可！"

轮扁不紧不慢地回答齐桓公说："我是从自己的职业和经验体会来看待这件事的。就说我砍削车轮这件事吧，速度慢了，车轮就削得光滑但不坚固；动作快了，车轮就削得粗糙而不合规格。只有不快不慢，才能得心应手，制作出质量最好的车轮。由此看来，削车轮也有它的规律。可是，我只能从心里去体会而得到，却难以用言语很清楚明白地讲授给我儿子听，因此我儿子便不能从我这里学到砍削车轮的真正技巧，所以我已经七十岁了，还得凭自己心里的感觉去动手砍削车轮。由此可见，古代圣人心中许多只可意会、不可言传的知识精华已经随着他们死去了，那么大王您今天所能读到的，当然只能是一些古人留下的肤浅粗略的东西了。"

这则寓言告诉我们，实践经验是很重要的，因为它不但是产生理论知识的源泉，而且有些精深的技艺是难以从书本上得到的。当然，忽视书本知识，排斥间接经验，盲目地将书本知识一概视为糟粕的观点，也是不可取的。

17. 农夫献曝

从前，宋国有个农夫，家里很穷，一年到头、从早到晚在田地里忙忙碌碌地劳动，从来不曾出过远门。他既不知道世上的富人过的是怎样的生活，也从未见过本乡以外的世界是个什么样子。

因为家里十分贫穷，这个农夫经常穿着乱麻编织的衣服，艰难地熬过严寒的冬天。好不容易春天来了。冰雪融化了，太阳温暖地照着大地，农夫也因此而像田地里的禾苗一样焕发了生机。

有一天，天气格外晴朗，没有一丝风。农夫在田地里干了半晌，觉得有些劳累，便坐在田埂上休息晒太阳。暖融融的阳光照在农夫身上，他感到一种说不出的温暖和舒服，简直像到了云里雾里一样，他觉得晒太阳取暖简直是世间独一无二的享受。他全然不知道世界上还有暖和的高楼大厦、华宅深院，也不知道有温软的丝棉袍子和贵重的狐皮大衣。

可怜的农夫回过头对妻子说："晒太阳的暖和，真是舒服极了，世上只怕还没有什么人知道这种好处。我们如果把晒太阳取暖的舒服享受献给国君，一定会得到一笔重赏。你看怎么样?"

农夫的妻子觉得丈夫说的有道理，也同意去向国君敬献晒太阳的办法。于是夫妻俩抛下田间的农活回家，打算去献计领赏。可惜的是，这夫妻二人不但没有一件像样的衣服，甚至连出门进城的路怎么走都不知道。

有些人被见识所局限，常常以为自己觉得了不起的事情，别人也都会认为了不起，其实他们自以为了不起的事，可能往往都是尽人皆知的微不足道的小事。

18. 郑人买鞋

郑国有一个人，眼看着自己脚上的鞋子从鞋帮到鞋底都已破旧，于是准备到集市上去买一双新的。

这个人去集市之前，在家先用一根小绳量好了自己脚的长短尺寸，随手将小绳放在座位上，起身就出门了。

一路上，他紧走慢走，走了一二十里地才来到集市。集市上热闹极了，人群熙熙攘攘，各种各样的小商品摆满了柜台。这个郑国人径直走到鞋铺前，里面有各式各样的鞋子。郑国人让掌柜的拿了几双鞋，他左挑右选，最后选中了一双自己觉得满意的鞋子。他正准备掏出小绳，用事先量好的尺码来比一比新鞋的大小，忽然想起小绳被搁在家里忘记带来。于是他放下鞋子赶紧回家去。他急急忙忙地返回家中，拿了小绳又急急忙忙赶往集市。尽管他快跑慢跑，还是花了差不多两个时辰。等他到了集市，太阳快下山了。集市上的小贩都收了摊，大多数店铺已经关门。他来到鞋铺，鞋铺也打烊了。他鞋没买成，低头瞧瞧自己脚上，原先那个鞋窟窿现在更大了。

他十分沮丧。

有几个人围过来，知道情况后问他："买鞋时为什么不用你的脚去穿一下，试试鞋的大小呢？"他回答说："那可不成，量的尺码才可靠，我的脚是不可靠的。我宁可相信尺码，也不相信自己的脚。"

这个人的脑瓜子真像榆木疙瘩一样死板。而那些不尊重客观实际，自以为是的人不也像这个揣着鞋尺码去替自己买鞋的人一样愚蠢可笑吗？

19. 浴屎避"鬼"

燕国人李季有一妻一妾，却不知道怜惜她们。李季常常让妻妾在家守着空帷，自己却独自远出、云游四方。时间一久，他的妻子和一个男人私通起来，李季的妾也卷进了这桩桃色旋涡。

有一天，李季突然从外地归来。当时他的妻妾正在屋里与那个男人寻欢作乐。她们听到李季敲门的声音都吓了一跳。李季的妻子害怕事情败露以后丈夫不会饶恕自己，急得一时不知如何是好。李季的妾心想自己本来只是一个贱配，因此不像李季的妻子那样顾虑重重。她在一旁给李季的妻子出主意说："等一会儿我们把门打开时，就让这个公子赤身裸体、披头散发地冲出去。自家的男人要是问起这件事来，我们就说什么都没有看见。"那个到李季家通奸的男人照着这话做了。他光着身子从李季的卧室中冲出去，与李季迎面相遇、擦肩而过。李季被这突如其来的举动搞懵了。大白天里怎么会突然冒出这么一个一丝不挂、不知羞耻的人呢？李季急忙进屋里去问妻妾："这到底是怎么一回事，哪来的这么一个不穿衣服的男人?"他的妻妾异口同声地说:"我们怎么什么都没有看见呀!"李季说:"假使你们刚才真的都没有看见那个男人,莫非是我碰见鬼了吧?"她的妻子随声附和地说:"如果你刚才真的看到了一个光身子的男人是从这间屋子跑出去的,那么这个人肯定是鬼。"

李季相信了那个光身子的男人是鬼的说法以后,心里顿时惶恐不安起来。他对自己的妻妾说:"我碰到了鬼该怎么办呢?"她的妻子说:"你快去把牛、羊、猪、鸡、狗的粪便收集起来,用这五牲的屎尿洗一洗身子就可以避鬼去邪、求得平安了。"李季说:"这个办法很好!"于是,他真的在五牲的屎尿堆里洗起澡来了。

这个故事告诉我们,在一个相信虚妄形象的人眼里,客观存在的真实性将被扭曲和否定。由此看来,现实生活中之所以有人们解释不清的各种笑话,恐怕都与忘记了科学的基本原理,盲目迷信某些偶象有关。

20. 膳吏辩诬

晋文公在位的时候,曾遇到过一起发生在自己身边的陷害案。

某日,一个侍从在御膳间端了一盘烤肉,恭恭敬敬送到晋文公面前请其就餐。晋文公拿起餐刀正准备切肉尝鲜,忽然发现肉上粘着不少头发。他立即放下手中的小刀,命人去找膳吏。

那个膳吏看到传召的侍从脸色不好,一路上不停地捉摸这次晋王召见的原因。究竟是刚送去的烤肉火功不够,还是烧烤时用料不当,口味欠佳呢?他哪知道一见晋文公就遭到一阵责骂。晋王气势汹汹地说道:"你是存心想噎死我吗!为什么在烤肉上放这么多头发?"膳吏一听，原来发生了一件自己没有料到的祸事。虽然他明知道这件事里面有鬼，但在君王的气头上是不能辩白的。否则如果把握不好，很容易招致横祸。因此，膳吏急忙跪拜叩头，口中却似是而非、旁敲侧击地说道："请君王息怒，奴才真是该死。烤肉上缠着头发，我有三条罪责。我用最好的磨石把刀磨得比利剑还快，它能切肉如泥，可就是切不断毛发，这是我的第一大罪过。我在用木棍去穿肉块的时候，竟然没有发现肉上有一根毛发，这是我的第二大罪过。我守着炭火通红、烈焰炙人的炉子把肉烤得油光可鉴、吱吱有声、香味扑鼻，然而就是烤不焦、烧不掉肉上的毛发，这是我的第三大罪过。不过我还想补充一句，您是一位明察秋毫的贤明君主，您能不能把堂下的臣仆观察一遍，看看其中是否有恨我的人呢？"晋文公觉得膳吏所言话外有音，所以对案情产生了一点怀疑。他立即召集属下进行追问，结果不出膳吏所料，真的找出了那个想陷害膳吏的坏人。晋文公下令杀了那个人。

这篇寓言告诉人们，客观世界里充满了矛盾。我们只有掌握了科学的思维方法，才能在错综复杂的矛盾面前立于不败之地。

21. 新媳妇

卫国有户人家娶媳妇。婆家借来两匹马，加上自己家里的一匹，用三匹马驾着车，吹吹打打、热热闹闹、十分隆重地去迎接新娘子。

到了新娘家，迎亲的人将新娘子搀上马车。一行人告别新媳妇的娘家人之后，就赶着马车往回走。

不料，坐在车上的新娘指着走在两边拉车的马问赶车的仆人说：

"边上的两匹马是谁家的?" 驾车人回答说: "是向别人家借来的。" 新娘又指着中间的马问: "这中间的马呢?" 驾车人回答说: "是你婆家自己的。" 新娘接着便说: "你若嫌车走得慢,要打就打两边的马,不要打中间的马。" 驾车人有些奇怪地看了看这位新媳妇。

迎亲的马车继续前进,终于到了新郎家。伴娘赶紧上前将新娘扶下了车。新媳妇却对还不熟悉的伴娘吩咐说: "你平时在家做饭时,要记住一做完饭就要把灶膛里的火熄掉,不然的话会失火的。" 那位伴娘虽然碍着面子点了点头,心里却有点不高兴这个新媳妇的多嘴。

新媳妇进得家门,看到一个石臼放在堂前,于是立即吩咐旁边的人说: "快把这个石臼移到屋外的窗户下面去,放在这里妨碍别人走路。" 婆家的人听了这个新娘子没有分寸又讲得不是时候的话,都不免在心里暗暗发笑,认为新娘子未免太爱讲话又太不会见机讲话了。

其实,这新媳妇所说的三件事,对婆家来说都是有好处的。可是她刚踏进婆家门就俨然以主妇自居、多嘴多舌的做法却引起了旁人的反感。

通过这个故事,我们可以体会到,一个人说话、办事,要有理有利有节,讲究策略和方式。如果不顾时机、不分场合,即使是好话、好事,也不仅得不到应有的重视,往往还会被别人笑话。其结果,一个本来很有智慧的人,反而被别人当成了傻瓜,以至于他以后的事情就难办得多。

22. 南辕北辙

从前有一个人，从魏国到楚国去。他带上很多的盘缠，雇了上好的车，驾上骏马，请了驾车技术精湛的车夫，就上路了。楚国在魏国的南面，可这个人不问青红皂白让驾车人赶着马车一直向北走去。

路上有人问他的车是要往哪儿去，他大声回答说："去楚国！"路人告诉他说："到楚国去应往南方走，你这是在往北走，方向不对。"那人满不在乎地说："没关系，我的马快着呢！"路人替他着急，拉住他的马，阻止他说："方向错了，你的马再快，也到不了楚国呀！"那人依然毫不醒悟地说："不打紧，我带的路费多着呢！"路人极力劝阻他说："虽说你路费多，可是你走的不是那个方向，你路费多也只能白花呀！"那个一心只想着要到楚国去的人有些不耐烦地说："这有什么难的，我的车夫赶车的本领高着呢！"路人无奈，只好松开了拉住车把子的手，眼睁睁看着那个盲目上路的魏人走了。

那个魏国人，不听别人的指点劝告，仗着自己的马快、钱多、车夫好等优越条件，朝着相反方向一意孤行。那么，他条件越好，他就只会离要去的地方越远，因为他的大方向错了。

寓言告诉我们，无论做什么事，都要首先看准方向，才能充分发挥自己的有利条件；如果方向错了，那么有利条件只会起到相反的作用。

23. 锟铻剑与火浣布

周穆王决定用武力去征讨西部少数民族统治的西戎之时，西戎首领自知难以抵御这一来势汹汹的进攻。为了讨好周穆王，平息战祸，西戎首领献上了稀世之宝锟铻剑和火浣布作为贡品。

这锟铻剑是用锟铻山所产的纯钢，经反复锻造而成。剑长一尺八寸，剑刃放射红光，锋利无比，用它来切削玉石，就像切削泥土一样，毫不费力。

那火浣布更是奇特，用这种布料缝制的衣袍如果穿脏了，洗涤时不必用水，只需投进熊熊燃烧的大火中去就行。在火中，火浣布变成了火红色，而那些脏处则还原成布的本色。将布袍从火中取出一抖，整件布袍就洁白如雪，十分靓丽。

贡品送进王宫后，人人称奇，赞叹不已。可是，皇太子却不以为然，他认为世间根本不可能有削铁如泥的宝剑和不怕火烧的布袍，凡是说这种话的人都是虚妄的，他们靠传播假话骗人。

有位叫萧叔的大臣在见过这两件宝物后说：“皇太子过于自信和武断，他的结论有些蛮不讲理。”

其实，皇太子对他所不知道的稀有之物，采取不予承认的态度，是浅薄无知的表现。随着科学技术的日新月异，人们的认知视野将会越来越广阔，许多原来被认为匪夷所思的事物将层出不穷地进入我们的日常生活，我们可不能像周朝的皇太子那样武断地下结论，盲目地加以排斥啊！

24. 愚人得燕石

宋国有一个愚蠢的人，他在山东临淄附近捡到一块颜色像玉的石头，其实这不过是一块普通的燕石，由于这个人没有见识，他惊喜得不得了，以为捡到了值钱的宝贝。他双手捧着这块燕石，一会儿把它贴在脸上，一会儿用手小心地抚摸。回到家里以后，还一个劲地盯着燕石看了又看，舍不得放手。

晚上，这个人要睡觉了，只好把石头放进柜中。他刚躺下一会儿，觉得心里很不踏实，于是起身从柜中取出"宝贝"，把它放在枕头下，这才安心地睡去。可是他睡着以后，迷迷糊糊在梦中发觉有人偷走了他枕头下的"宝贝"，于是他又从梦中惊醒了。他翻开枕头一看，那"宝贝"在枕头下面安然无恙。可是这个人依然不放心，于是又将石头紧紧握在手中钻进被子里，将石头捂在胸前，这才睡着。就这样折腾了一夜，他好不容易熬到第二天天亮。

这个人想，总是将宝贝握在手里也不是个办法。于是他请来工匠，用上好的牛皮做了一只装燕石的箱子。这皮箱共有十层牛皮。愚蠢的燕人先用十层上好的丝绸将石头仔细包裹好，然后小心翼翼地把它放进皮箱里收藏起来。这样，他才满意了。

过了些日子，外地有一个客人听说这个人得了至宝，特地找到他家里请求观赏一下宝石。于是这个宋国人在虔诚地斋戒七日之后，穿上端庄的礼服，又举行了隆重的祭祀，这才当着客人的面，十分郑重地打开一层又一层皮革做的箱子；解开一层又一层丝绸巾系成的包裹。那个外地客人这才好不容易地看到了这个宋国蠢人所谓的

"宝石"，禁不住捂着嘴"嗤"地一声笑起来，竟笑得前仰后合。宋国人大惑不解，瞪着一双傻呆呆的眼睛望着客人问："你为什么如此发笑？"

这位客人止了笑，认真地对他说："这只不过是一块燕石，和普通的砖头瓦片没多大区别。"

宋人听了大怒。他指着客人说："胡说！你这是商人口中说出的话；你安的是骗子的心！"

那个外地客受辱后扫兴地走了。而这个宋国的蠢人则把这块燕石更加严密地藏起来，更加倍小心地守护着它。

看起来，一个人缺少知识并不可怕，怕的是像那个把燕石当成宝玉的宋国人一样，既孤陋寡闻，又不懂装懂，听不进别人的忠告，做了蠢事还自以为得计。

25. 晏婴两度使楚

春秋时代，齐国的晏婴是一位很有才干的国相。他第一次出使楚国的消息传出后，楚王对身旁的谋士们说："晏婴在齐国是有名的能言善辩之人。现在要来楚国，我想当众羞辱他一番，你们看有什么好办法呢？"于是他们商议出了一个坏主意。

这天，晏子如期而至，楚王设宴款待。当酒兴正浓时，忽见两个差役押着一个被缚之人来见楚王，楚王假装不知地问道："这人犯了什么罪？"差役赶紧回答："他是齐国人，到我们楚国来偷东西。"楚王于是回过头去看着晏婴，故作惊讶地说："你们齐国人都喜欢偷东西吗？"

　　晏婴早已看出了楚王是在演戏，这时便站了起来，极其郑重而严肃地对楚王说："我听说橘树生长在淮河以南时就结橘，如果将其移栽到淮河以北，结的果实就变成又酸又苦的枳了。它们只是叶子长得十分相似而已，所结果实的味道却大不相同。这是什么原因呢？原来是水土不同的缘故啊！眼下这个人在齐国时不偷盗，到了楚国后却学会了偷盗，莫非是楚国的水土会使人变成盗贼么？"一席话噎得楚王尴尬极了，只好赔笑收场。

　　时隔不久，晏婴又被派往楚国公干。楚王没有忘记上次宴会上的难堪，总想伺机报复。他知道晏婴的身材十分矮小，于是就吩咐在城门旁边另外凿开一扇小门。当晏婴到来之后，侍卫便让他从小门进去，晏婴见状，立刻正色道："只有出使狗国的人，才会从狗洞中爬进爬去。我今天是奉命出使楚国，难道也要从这狗洞中进去吗？"侍卫们理屈词穷，只好眼睁睁看着晏婴从大门正中昂首阔步地进了城。

　　接着，晏婴在拜见楚王时，楚王又用嘲讽的语调说："齐国大概没有多少人吧？"

　　晏婴闻言，迅速予以纠正："我们齐国仅都城临淄就有居民七八千户，街上行人摩肩接踵，人人挥袖就可遮住太阳，个个洒汗即如空中落物，您怎么能说齐国无人呢？"

　　楚王听罢，进一步用挑衅的口吻发问："既然齐国人多，为什么总是派遣你这般矮小的角色做使臣呢？"

　　晏婴对楚王的无礼早有思想准备，他冷笑了一下应道："我们齐国派遣使臣的原则是视出使国的情况而定，对友好的国家就派好人去，如果出使国的国王粗野无礼，就派丑陋无才的人去。我在齐国是最丑陋无才的人，所以总是被派做出使楚国的使臣。"一席话再次使楚王无言以对，从此他再也不敢小看晏婴和齐国了。

晏子使楚的故事说明：许多自以为聪明的人，其实是愚蠢透顶；一心想侮慢他人的人，到头来必然会使自己的尊严扫地。

26. 歧路亡羊

有一天，杨子的邻居在牧羊的归途中，遇到了迎面急驰而来的一行车马，羊群因受惊吓而四散。等车马过后，那人把羊唤拢，急忙赶回家。他仔细清点以后发现丢失了一只羊，于是立即召集全家老小，并邀请杨子的童仆一起去寻羊。杨子在一旁不以为然地说："咳，才丢一只羊，何必兴师动众，派这么多的人去找?"邻人说："山野、田间岔路多，人少了分派不过来。"杨子觉得这话有理，没有再往下说。他目送着这一行人出了村口。

那邻人带领大家先沿赶羊回家时经过的大路走，一遇到岔路就派一个人沿岔路去搜寻。没过多久，他带去的人被分派完毕，剩下那邻人只身走大路。可是没走多远，前面又出现了岔路。他站在岔路口左右为难。焦急中任选了一条前去的路径。走着走着，只见前面又有岔路。那邻人无可奈何。他看到天色已近黄昏，只好往回走。沿途碰到其他的寻羊人也说自己遇到过同样的困难。

正在家吃晚饭的杨子忽听见外面有嘈杂的说话声，知道是找羊的人回来了。他走出门去问那邻人："找到羊了吗?"邻人答道："跑丢了。"杨子说："你带了这么多的人去找，怎么还找不到呢?"邻人说："我知道大路边有岔路，所以找羊时多带了几个人。可是没想到岔路上还有岔路。在只剩一个人面对岔路的时候，真令人感到不知所措。"

杨子听了邻人说的这番话，有些闷闷不乐。他眉头紧锁、脸色灰暗、一言不发。那一天大家再也没有见到他露出一丝笑容。杨子的门徒都觉得有点奇怪，因此不解地问："羊并不是什么值钱的牲畜，而且又不是先生的，您这样闷闷不乐，究竟是为什么呢？"杨子说："我并不是惋惜丢了一只羊。我是从这件事联想到探求真理也与这些歧路亡羊一样，如果迷失了方向，也会无功而返啊。"

这则寓言告诉人们：在研究一门学问时，要把握方向，注重领会其实质，而不要被各种表象所迷惑。

27. 欹器的启示

孔子带着学生到鲁桓公的祠庙里参观的时候，看到了一个可用来装水的器皿，形体倾斜地放在祠庙里。在那时候把这种倾斜的器皿叫欹器。

孔子便向守庙的人问道："请告诉我，这是什么器皿呢？"守庙的人告诉他："这是欹器，是放在座位右边，用来警戒自己，如'座右铭'一般用来伴坐的器皿。"孔子说："我听说这种用来装水的伴坐的器皿，在没有装水或装水少时就会歪倒；水装得适中，不多不少的时候就会是端正的。里面的水装得过多或装满了，它也会翻倒。"说着，孔子回过头来对他的学生们说："你们往里面倒水试试看吧！"学生们听后舀来了水，一个个慢慢地向这个可用来装水的器皿里灌水。果然，当水装得适中的时候，这个器皿就端端正正地在那里。不一会，水灌满了，它就翻倒了，里面的水流了出来。再过了一会儿，器皿里的水流尽了，就倾斜了，又像原来一样歪斜在那里。

这时候，孔子便长长地叹了一口气说道："唉！世界上哪里会有太满而不倾覆翻倒的事物啊！"

这篇故事的寓意是借用敬器装满水就倾覆翻倒的现象来说明骄傲自满，往往向它的对立面——空虚转化。从而告诉人们要谦虚谨慎，不要骄傲自满，凡骄傲自满的人，没有不失败的。

28. 刻舟求剑

有一个楚国人出门远行。他在乘船过江的时候，一不小心，把随身带着的剑掉到江中的急流里去了。船上的人都大叫："剑掉进水里了！"

这个楚国人马上用一把小刀在船舷上刻了个记号，然后回头对大家说："这是我的剑掉下去的地方。"

众人疑惑不解地望着那个刀刻的印记。有人催促他说："快下水去找剑呀！"

楚国人说："慌什么，我有记号呢。"

船继续前行，又有人催他说："再不下去找剑，这船越走越远，当心找不回来了。"

楚国人依旧自信地说："不用急，不用急，记号刻在那儿呢。"

直至船行到岸边停下后，这个楚国人才顺着他刻有记号的地方下水去找剑。可是，他怎么能找得到呢。船上刻的那个记号是表示这个楚国人的剑落水瞬间在江水中所处的位置。掉进江里的剑是不会随着船行走的，而船和船舷上的记号却在不停地前进。等到船行至岸边，船舷上的记号与水中剑的位置早已风马牛不相及了。这个楚国人用上述办法去找他的剑，不是太糊涂了吗？

他在岸边船下的水中，白费了好大一阵工夫，结果毫无所获，还招来了众人的讥笑。

这则寓言告诉我们，用静止的眼光去看待不断发展变化的事物，必然要犯脱离实际的主观唯心主义错误。

29. 其父善游

一天，有个人走到江边，老远就看到一个汉子抱着一个婴儿，正要把他抛到江里去。婴儿大声哭着、叫着，吓得用双手紧抓着汉子的衣襟挣扎着不放。

这时，围上来一群人。有人指着那汉子问他到底是怎么一回事。那汉子说："我要把他放到水里去让他自己游水。"

那些人都感到十分诧异。其中一个人指着汉子说："这么小的婴儿怎么会游水呢？把他一丢进水里不就会没命了吗？"那汉子满不在乎地说："这个孩子的父亲十分擅长游泳，水性很好，因此孩子的水性肯定也好。把他扔到江里去，我们正好可以欣赏小孩子游泳。"

听了那汉子的话，人们都摇头。其中有个人斥责汉子说："你这人也太混账了！他父亲擅长游泳，这孩子难道也肯定擅长游泳吗？我问，你父亲擅长什么？"

汉子回答说："木匠。"

那人又问："你也会木匠吗？"汉子理直气壮地回答说："我也

擅长木匠。"那人问："你生下来就擅长木匠吗？"汉子说："是长大后跟随父亲学的。"

那人说："这就是了。你父亲擅长木匠，你不可能生下来就会木匠，而是后来学的。你怎么能要求这个婴儿生下来就像他父亲一样会水呢？像你这样办事情，也真是太荒谬了！"

故事告诉我们，知识与技能是无法遗传的。一个人单纯强调先天智力和体能因素的作用，而忽视后天刻苦学习的重要性，那是幼稚可笑的。

30. 扛竹竿进城

有一个鲁国人扛着一根长长的竹竿进城去卖。当他走到城门口时便犯愁了，因为他想不出用什么办法将竹竿扛进城去。把竹竿竖起来进城门吧，竹竿比城门高出一截；把竹竿横起来拿着走吧，竹竿比城门又宽出一截。他横着、竖着比划了半天，搞得满头大汗，就是进不了城门。

这时，一个老头经过城门。他看见那人愁眉苦脸的样子，非常自信地走过去对他说："我虽然不是什么圣人，但一生经历的事情比你多。既然是竹竿长、城门小，你为什么不把竹竿从中间截成两段呢？那样不就变成竹竿短、城门大，可以毫不费力地进城了吗？"

拿竹竿的人听了非常高兴，说："太好了。"

于是他找来锯子，将竹竿锯成两段，然后进了城门。

可是，这个卖竹竿的人在城里转了一天，竹竿就是卖不出去。因为他没想到，锯短的竹竿虽然是扛进了城，但是由于其用途不大，无人问津，所以几乎成了废品。

这则寓言既讽刺了鲁国人的愚蠢可笑，更嘲笑了那个自以为见多识广、喜欢乱出主意、好为人师的老头。正是类似这老头的一些人的瞎指点，使许多好事都办糟了。

31. 宣王之弓

齐宣王有个特点，喜欢听别人对他说恭维话。齐宣王爱好射箭，他喜欢听别人说他不论多强硬的弓都能够拉开。其实，齐宣王自己拉的弓，拉开时所用的力气还不到三石。

齐宣王射箭时，常常向身边的大臣们表演拉弓。他身边的近臣们为了奉承自己的国君，一个个都是先拿起宣王的弓，站好姿势，故意拉起来试试。这些近臣们在试弓时有意地做出很认真的神情，装出拼命地使出全身之力的样子：闭住嘴，鼓满两腮帮，将眼睛瞪得大大的，一眨不眨地站在那里，再慢慢地将弓拉到半满时故意停一下子就松开手。他们都说统一调子的话："这张弓好厉害！真是强劲极了。如果没有九石的力气是别想将它拉开的。""那还用说，这么强的弓，除了大王您以外，是没有人能够拉开的。""世界上像大王这样能拉这么强硬的弓的人是很少有的。"……听了这些特别顺耳中听的话后，齐宣王的心里感到特别舒服，心里乐滋滋的，甜甜的，比蜜还要甜。

这样，齐宣王所拉的弓虽然只需用不超过三石的力，但是他一辈子都认为他拉的弓，没有使出九石的力是拉不开的。

拉开这张弓只用三石的力就可以了，这是实际；而用九石的力，则是徒有虚名的啊！齐宣王只喜欢虚名，却不知道他的实际的力量究竟有多大。

这篇寓言故事告诉人们：缺乏自知之明的人喜欢听奉承话。听到奉承话、恭维话就沾沾自喜的人必被人耻笑。

32. 邾君为甲

古时候，在现今山东省邹县一带曾有一个国名为邾的小国。这个国家的将士所穿的战袍，一直用帛为原料。

因为用帛缝制的战袍不结实，所以邾国有个名叫公息忌的臣属向邪君建议说："做战袍还是以丝绳做原料为好，战袍耐用的关键之一在于缝制必须严实。虽然用帛缝制的战袍从外观上看也很严实，但是由于帛本身不大结实，我们只需一半的力气就可以把它撕开。如果我们先把丝绳织成布，再用丝绳布制作战袍，即使你用尽全身的力气去撕它，也不能把它撕破。"

邾君觉得公息忌的话很有道理，但是担心一时找不到这种原料，因此对公息忌说："缝制战袍的人上哪儿去弄那么多的丝绳布呢？"公息忌回答说："只要说是国君想用丝绳布，老百姓还有生产不出来的道理吗？"邾君看到改变邾国多年沿用的以帛做战袍的传统并不困难，于是说了一声："好，就按你的想法去办吧！"随后邾君下令全国各地的官府立即督促工匠改用丝绳布做战袍。

公息忌知道邾君的政令很快就要在各地施行起来，所以叫自己家里的人动手去搓丝绳。那些因为公息忌在君王面前露了脸而妒忌他的人，看到公息忌家里的人又走在别人前面搓起丝绳来了，于是借故到处中伤他说:"公息忌之所以要大家用丝绳布制作战袍,原来是因为他家里的人都擅长制作丝绳的缘故!"

郏君听了这种说法以后很不高兴。他马上又下了一道命令,要求各地立即停止丝绳布的生产,还是按老规矩用帛做战袍。

郏君不注意搓丝绳和提高战袍质量在目标上的一致性,仅以一些流言蜚语来决定政策的做法是十分愚蠢的。通过这则寓言,我们应该认识到,判断一个人的言行是否正确,不能以某个人的好恶为标准,而应该看一看它是否符合全国人民的共同利益。

33. 虎死撒备

一个名叫若石的人在冥山北面建造了一幢房屋。这幢房屋四周山林茂密,没有别的人家,所以若石一家住在那里,生活过得安逸清静。

然而没过多久,他发现一只老虎总是蹲在不远的山崖上朝他的住所张望,因此他的生活像平静的湖面落下了一块大石头那样,顿时起了波澜。若石全家因为老虎的出现而人心惶惶、坐立不安。作为应急的措施,他一面带领全家老小日夜监视老虎的动向;一面用日出鸣锣、日落燃火和夜间摇铃的方法驱赶老虎。为了增强防范能力,减少精力消耗,若石一家把篱笆改成高高的土墙;在墙的四周树起一道用荆棘筑成的屏障;在山谷里挖掘了可供防守用的洞穴。这些周全的举措、巩固的设施使老虎望而却步。整整一年过去了,老虎没有从若石家里得到任何好处。

一天,若石听山里人说发现了一只死老虎。他跑去一看,认出它就是经常出没在自己住宅周围的那只虎，所以非常高兴。若石以为威胁自己的那只虎死了，等于根除了心腹大患。于是，他放松了对野兽的监视；撤除了打虎的装备。家里的院墙损坏了也不去修复；荆棘围成的篱笆破烂了也不去整补。他每天过着高枕无忧的生活。

没过多久，一只貙在追逐麋鹿的时候从若石的屋后经过。它听见若石家里有牛、羊、猪的叫声就止了步。这只貙闯进院子，躲在若石的屋角边窥视了一会儿，见四周没有人，于是跑进牲畜棚里乱咬乱抓起来。若石闻讯后赶去观察，发现一个像山猫的家伙正在咬吃一只山羊。他不知道那就是性情凶猛的貙，所以用大声的喝斥去赶它。可是貙并不害怕，它仍然咬着羊不放。若石见这个家伙不肯走，拾起一块石头向它砸去。谁知那只貙突然丢开了羊，转过身先举起两只前腿像人一样直立起来，接着猛然扑向若石，用利爪把他抓死了。

一些有学问的君子议论说："若石只知其一而不知其二，自然会落到这种下场。"

这则寓言告诉人们要掌握看问题的正确方法，善于透过现象总结具有普遍性的规律。一只虎想吃人，饥饿的虎都吃人；一种凶猛的野兽会害人，所有凶猛的野兽都害人。

34. 南海人赠蛇

南海中有一个岛，岛上的人以打鱼为生。岛民们对付蛇很有办法，因此遇到蛇并不惊慌失措。打死了蛇以后，岛民们看看扔掉可惜，便把蛇肉烹调了来吃。这一吃，大家发现蛇肉鲜美嫩滑，特别

可口，于是，蛇肉成了岛民们普遍喜爱的美味佳肴。

有一次，一个从没有出过远门的南海人带着家人到遥远的北方去旅游。他们一家人都爱吃蛇肉，怕到了别处吃不到这样的美味了，就带了不少腊制的蛇肉当干粮。

这个南海人带着家人走了很远很远，来到了齐国。他找了一家还算整洁的旅店安顿了下来。齐国人都十分好客，主人见他们从很远的南方来，就热情地招待他们。每天做好饭好菜给他们吃，铺床、清扫房间、洗衣服，把这个南海人一家照顾得十分周到，房钱也收得很便宜，还常常主动向他们介绍齐国的风土人情。

南海人受到这样的款待，心里很是高兴，同时也挺感动，于是便跟家里人商量着要送些什么礼物给主人，以表达感激之情。想来想去，他觉得蛇肉最合适。北方没有这类佳肴，主人一定会喜欢的。

打定了主意，他便在带来的腊蛇肉里挑开了，最后选中了一条长满花纹的大蛇。他高兴地拿着蛇去见主人，想象着主人开心的样子。

齐国在北方，很少产蛇。齐国人一见到毒蛇，吓得逃命都来不及，更别提去吃了。所以见到南海人送来的大花蛇，害怕得脸色都变了，吐着舌头转身就跑。南海人大惑不解：主人这是怎么了？他想了好一会，对了，一定是主人嫌礼物轻了。他赶紧叫过仆人，叫他再去挑一条最大的腊蛇来送给主人。

像这个南海人一样，遇事不了解情况，也不加以调查，就胡乱依自己的猜想来作主观臆断，是难以得出正确的结论的。

35. 望梅止渴

东汉末年，曹操带兵去攻打张绣，一路行军，走得非常辛苦。时值盛夏，太阳火辣辣地挂在空中，散发着巨大的热量，大地都快被烤焦了。曹操的军队已经走了很多天了，十分疲乏。这一路上又都是荒山秃岭，没有人烟，方圆数十里都没有水源。将士们想尽了办法，始终都弄不到一滴水喝。头顶烈日，战士们一个个被晒得头昏眼花，大汗淋淋，可是又找不到水喝，大家都口干舌燥，感觉喉咙里好像着了火，许多人的嘴唇都干裂得不成样子，鲜血直淌。每走几里路，就有人倒下中暑死去，就是身体强壮的士兵，也渐渐地快支持不住了。

曹操目睹这样的情景，心里非常焦急。他策马奔向旁边一个山岗，在山岗上极目远眺，想找个有水的地方。可是他失望地发现，龟裂的土地一望无际，干旱的地区大得很。再回头看看士兵，一个个东倒西歪，早就渴得受不了，看上去怕是难得再走多远了。

曹操是个聪明的人，他在心里盘算道：这一下可糟糕了，找不到水，这么耗下去，不但会贻误战机，还会有不少的人马要损失在这里，想个什么办法来鼓舞士气，激励大家走出干旱地带呢？

曹操想了又想，突然灵机一动，脑子里蹦出个好点子。他就在山岗上，抽出令旗指向前方，大声喊道："前面不远的地方有一大片梅林，结满了又大又酸又甜的梅子，大家再坚持一下，走到那里吃到梅子就能解渴了！"

战士们听了曹操的话，想起梅子的酸味，就好像真的吃到了梅子一样，口里顿时生出了不少口水，精神也振作起来，鼓足力气加紧向前赶去。就这样，曹操终于率领军队走到了有水的地方。

曹操利用人们对梅子酸味的条件反射，成功地克服了干渴的困难。可见人们在遇到困难时，不要一味畏惧不前，应该时时用对成功的渴望来激励自己，就会有足够的勇气去战胜困难，到达成功的彼岸。

36. 空中楼阁

从前，有个有钱人，他生来愚蠢，又不愿意读书学习，却自以为是，骄傲得很，常常干出一些让人哭笑不得的事来。

有一次，他到另一个有钱人家里去做客，见到人家的府第是一座三层楼的楼房，高大威风，又宽敞壮丽，看上去很是阔气不说，站在三层楼上，还能看见远方美丽的景致，真是妙极了。他心下不禁十分羡慕，想道：要是我也有一幢这样的三层楼房，那该多好啊！我也可以站在我的三层楼上，喝茶观景，要多惬意就有多惬意！

要盖楼房，钱自然是不愁的。他回到家里，马上叫人请来泥瓦匠，吩咐道："给我建一座三层楼房，越快越好！"

于是泥瓦匠立刻开始动工，打地基、和泥、垒砖头，开始修建楼房的第一层。

有钱人天天跑到工地上去看，头几天地基打好了。又过了几天，垒了几层砖。再过几天，砖垒高了一点。有钱人想楼房都快想疯了，而今过了这么些天，他的楼房还没影子，实在等得不耐烦了，就跑去问泥瓦匠："你们这是建造的什么房子啊，怎么一点也不像我要的楼房呢?"

泥瓦匠答道:"不是照您的吩咐在建楼房吗?这就是第一层了。"

有钱人又问:"这么说,你们还要修第二层啰?"

泥瓦匠奇怪地回答:"当然了,有什么问题吗?"

有钱人暴跳如雷,勃然变色道:"蠢东西,我看中的是第三层,叫你们修的也是第三层,第一层、第二层我都有,还修它作什么?"

这个有钱人真是可气又可笑,没有第一、第二层楼房,哪里来第三层呢?做事情要踏踏实实,打好基础,否则我们的理想就好像这个有钱人的空中楼阁一样,永远是虚幻的东西。

37. 与狐谋皮

从前有个人,他非常想穿一件皮袍,同时又最爱精美的佳肴。他整天都羡慕别人有华丽的狐皮大衣,梦想着自己也有一件这种价值千金的大衣。可是他没有钱去买这样昂贵的狐皮大衣。怎么办呢?他绞尽脑汁,终于想到一个好办法,那就是,去找狐狸商量,请它们献出它们的皮。

他在野地里转悠,碰到了一只狐狸,他便十分亲热地对它说:"可爱的狐狸,你身上的皮实在漂亮。可是在你们狐狸圈内,有谁又会欣赏你漂亮的皮呢?这样好的皮放在你身上实在太可惜,你不如把皮献给我,你再随便披一件什么皮就可以了。"

他的话刚一说完,狐狸吓得直吐舌头,转身就窜进山里去了。

这个人没得到狐皮,回到家里又想起了精美的佳肴。他恨不得马上做一桌整猪整羊的佳肴,先用来祭祀,然后自己把佳肴吃掉。

可是他没有钱去买猪、买羊。于是，他又一转念，跑到外面去寻羊。他在路上遇到了一只羊，便立即对羊说："我现在正打算做一桌上好的酒菜，请你为我献上你身上的肉。"

他的话还没说完，羊吓得出了一身冷汗，飞也似的逃进树林里去躲起来了。

这个人要狐献皮、要羊献肉的事情在狐狸群和羊群中传开了，它们都远远地躲开了他。五年过去了，这个人没有弄到一只祭祀用的羊；十年过去了，他没有做成一件梦寐以求的狐皮大衣。因为这个人要想得到这些东西的办法太愚蠢了。

38. 少见多怪

唐代有一位著名的学者，他喜欢四处游历，考察各地方的风土人情。有一回，他遇到一位来自四川的老先生。这位老先生告诉他说："在我们四川的南部，天气不好，一年四季都是阴雨绵绵，很少有放晴的时候。我们那里的狗也习惯了这种阴雨天。偶尔地，遇到太阳出来的时候，狗都以为是一个怪物挂在天上，惊恐万状，就仰天狂叫不已，景象十分有趣。"

这位学者不信，疑惑地说："狗虽然是愚笨的动物，但也还不至于大惊小怪到这种地步吧，您是不是言过其实了呢？"

后来，过了些年，这位学者一路来到了温暖的南方，在那里住了下来。

南方的冬天一点也不冷，下雪天更是非常罕见。这位学者起得也巧，在他来到南方的第二年冬天，天气变得反常起来，比以往的冬天寒冷得多。

寒冷的日子持续了一些时候，到最后竟然下起雪来，而且下得还很大。鹅毛大雪纷纷扬扬地下了好几天，越过了南岭，像一床铺天盖地的大棉絮一样，把南部地区的好几个州都覆盖了起来。

那些天，这几个州的狗都非常惶恐，纷纷狂吠不休，到处胡乱地又跑又窜，没有个静下来的时候。过了些日子，天气晴了，雪也渐渐化了，大地又显露了出来，这些狗才终于又恢复了平静。

看到这种情况，这位学者才真正相信了几年前那位老先生的话。

出太阳、下大雪虽然在四川和南方算是比较特殊的气候现象，但群狗如此又叫又闹、反应强烈，实在是少见多怪。我们在生活和处事中，总会遇上一些不太常见的事，这时候就需要保持冷静理智的头脑，慢慢适应新生事物，不要做出一些过激的举动。

39. 笨人熬汤

很久很久以前，有一个笨人，他不管做什么事情都不动脑筋、不加思索，常常做出一些糊涂事来惹人家笑话。

有一次，他在家里熬一锅菜汤。熬得差不多了，他想试试咸淡合不合适，就用一把木勺舀了一勺汤出来尝。这人喝了一点汤，咂了咂嘴巴，觉得似乎淡了一些，就随手把装着剩汤的木勺放到一边，抓了一把盐撒到锅里。这时，锅里的汤已经加上盐了，而木勺里的汤还是原来的汤，他也不重新舀上一勺，又拿起原来的那勺汤来尝。尝过以后，他奇怪地摸了摸脑袋，又皱了皱眉头，自言自语地说："咦，明明加过盐了，这锅汤为什么还是这么淡呢？"

于是这个人就又抓了一把盐放进锅里，但他还是没有觉察到自己究竟在哪里出了差错，仍旧还是去尝勺里的汤。勺里的汤自然还是淡的，他就又以为锅里的汤盐还是不够，于是又往锅里拼命加盐。

就这样，木勺里的汤始终没有更换过，他也重复着尝一口汤、往锅里加一把盐的过程，也不停下来想一想是不是哪个环节出了问题。一满罐盐经他这么一折腾，已经见了底了，可他还挠着头皮，百思不得其解地想：今天真是活见鬼了，为什么盐都快要加完了，锅里的汤却还是咸不起来呢？

这个笨人实在是办了一件傻事，通过没有加盐的汤来评定加过盐的汤。事物总是发展变化的，我们若总是通过相对僵化的局部来判断全局的情况，又和这个笨人的错误有什么两样呢？

40. 农夫敬畏鬼神

从前，瓯、粤地方的农夫们，非常迷信，尤具信奉鬼神。为了表现自己的虔诚，农夫们为鬼神修造了许多庙宇。山顶上、河岸边到处都是。他们又亲自为鬼神塑像。农夫们用自己勤劳的巧手和精湛的技艺把将军雕刻得高大威猛、相貌凶恶可怕；郎君则和蔼一些，面孔白皙、青春年少；面容慈祥、端庄高贵的是人们想象中的仙婆；想像中的仙姑容貌艳丽、姿态优美。所有这些雕塑都经过精雕细刻，连一丝皱纹都刻得清清楚楚，衣袂飘飘好像在风中飞舞，栩栩如生，逼真极了。

农夫们为了给鬼神修建这些庙宇，费尽了心思，用自己的全部本领把庙宇造得雄伟巍峨，十分宽敞。通向庙宇的路上，还建造了长长的石阶，石阶两旁有树木荫庇，树上缠满了藤萝，还招来了数不清的鸟儿在这里做窝定居。农夫们还在庙宇的庭院里雕塑了神鬼的车马随从，并用彩绘描过，将庙宇的气氛弄得不同寻常，却又让人感到阴森恐怖。

农夫们非常敬畏这些泥塑木刻的神像，每到祭祀的时候，都不忘献上供品。家里宽裕的要宰牛；条件没那么好的要拿猪做祭品；就是穷得最厉害的也要把鸡、狗之类的东西献给鬼神。那些酒菜鱼肉等等，人们往往是自己舍不得吃，却拿到庙里去给鬼神上供。就是这样，人们在献祭的时候还要举行隆重的仪式。礼节稍有不周，大家就都害怕得不得了，生怕鬼神因此而动怒，把灾祸降临到他们头上。一旦有谁得病或者谁去世了，人们也不问究竟，一概将其归结为是鬼神安排的结果。

农夫们自己想象出鬼神，又亲手制作了它们的偶像，却又去崇拜自己一手炮制出来的东西，真是又可笑又可悲。我们只有努力摆脱观念上的束缚和精神桎梏，才能以科学的态度办事情，不再像农夫们那样愚弄自己。

41. 田忌赛马

齐国的将军田忌经常同齐威王赛马。他们赛马的规矩是：双方各下赌注，比赛共设三局，两胜以上为赢家。然而每次比赛，田忌总是输家。

这一天，田忌赛马又输给了齐威王。回家后，田忌把赛马的事告诉了自己的高参孙膑。这孙膑是军事家孙武的后代，饱读兵书，深谙兵法，足智多谋，被庞涓谋害残了双腿。来到齐国后，很受田忌器重，被田忌尊为上宾。孙膑听了田忌谈他赛马总是失利的情况后，说："下次赛马你让我前去观战。"田忌非常高兴。

又一次赛马开始了。孙膑坐在赛马场边上，很有兴趣地看田忌与齐威王赛马。第一局，齐威王牵出自己的上马，田忌也牵出了自己的上马，结果跑下来，田忌的马稍逊一筹。第二局，齐威王牵出了中马，田忌也以自己的中马与之相对。第二局跑完，田忌的中马也慢了几步而落后。第三局，两边都以下马参赛，田忌的下马又未能跑赢齐威王的马。看完比赛回到家里，孙膑对田忌说："我看你们双方的马，若以上、中、下三等对等的比赛，你的马都相应的差一点，但悬殊并不太大。下次赛马你按我的意见办，我保证你必胜无疑，你只管多下赌注就是了。"

这一天到了，田忌与齐威王的赛马又开始了。第一局，齐威王出那头健步如飞的上马，孙膑却让田忌出下马，一局比完，自然是田忌的马落在后面。可是到第二局形势就变了，齐威王出以中马，田忌这边对以上马，结果田忌的马跑在前面，赢了第二局。最后，齐威王剩下了最后一匹下马，当然被田忌的中马甩在了后面。这一次，田忌以两胜一负而取得赛马胜利。

由于田忌按孙膑的吩咐下了很大的赌注，一次就把以前输给齐威王的都赚回来了不说，还略有盈余。

田忌以前赛马的办法总是一味硬拼，希望一局也不要输，结果因自己总体实力差那么一点，总是赛输了。孙膑则巧妙运用自己的优势，先让掉一局，然后保存实力去确保后两局的胜利，这样便保证了整体的胜利。

42. 围魏救赵

　　战国时期，魏国派军队进攻赵国。魏国的军队很快包围了赵国首都邯郸，情况十分危急。赵国眼看抵挡不住魏的攻势，赶紧派人向齐国求救。

　　齐国大将田忌受齐王派遣，准备率兵前去解救邯郸。这时，他的军师孙膑赶紧劝他说："要想解开一团乱麻，不能用强扯硬拉的办法；要想制止正打斗得难分难解的双方，不宜用刀枪对他们一阵乱砍乱刺；要想援救被攻打的一方，只需要抓住进犯者的要害，捣毁它空虚的地方。眼下魏军全力以赴攻赵，精兵锐将势必已倾巢出动，国内肯定只剩下一些老弱残兵。魏国此时顾了外头，国内势必空虚。如果我们此时抓住时机，直接进军魏国，攻打魏国都城大梁，魏军必定会回师来救，这样，他们撤走围赵的军队来顾及首都的紧急情况，我们不是就可以替赵国解围了吗？"

　　一席话说得田忌茅塞顿开，他十分赞赏地说："先生真是英明高见，令人佩服。"

　　孙膑接着又补充说："还有一点，魏军从赵国撤回，长途往返行军，必定疲惫不堪。而我军则趁此时机，以逸待劳，只需在魏军经过的险要之处布好埋伏，一举打败他们不在话下。"

　　田忌叹服孙膑的精辟分析，立即下令按孙膑的策略行事，直奔魏国首都大梁，而且把要攻打大梁的声势造得很大，一边却在魏军回师途中设下埋伏。

　　果然，魏军得知都城被围，慌忙撤了攻赵的军队回国。在匆忙跋涉的途中，人马行至桂陵一带，不防齐军擂鼓鸣金，冲杀出来。魏军始料不及，仓皇抵御，哪里战得过有着充分准备的齐军。魏军被杀得丢盔弃甲，还没来得及解救都城，便几乎全军覆没。这次战争，齐军大获全胜，赵国也得到了解救。

其实，事物之间是相互制约的，看问题不能就事论事或只注意比较显露的因素，而要抓住问题的关键和要害，避实就虚，这样来解决问题可能更为见效。

第五章　人心向善篇

1. 韩娥善歌

从前，韩国有位歌唱家名叫韩娥，要到位于东方的齐国去，不想在半路上就断了钱粮，从而使基本生活都发生了困难。为了渡过这一难关，她在经过齐国都城西边的雍门时，便用卖唱来换取食物。韩娥唱起歌来，情感是相当投入的，以至在她离开了这个地方以后，她那美妙绝伦的余音还仿佛在城门的梁柱之间缭绕，竟至三日不绝于耳；凡是聆听过韩娥歌唱的人，都还沉浸在她所营造的艺术氛围之中，好像她并没有离开一样。

有一天，韩娥来到一家旅店投宿时，店小二狗眼看人，见她穷愁潦倒，便当众羞辱她。韩娥为此伤心至极，禁不住拖着长音痛哭不已。她那哭声弥漫开去，竟使得方圆一里之内的人们，无论男女老幼都为之动容，大家泪眼相向，愁眉不展，人人都难过得三天吃不下饭。

后来，韩娥难以安身，便离开了这家旅店。人们发现之后，急急忙忙分头去追赶她，将她请回来，再为劳苦大众纵情高歌一曲。韩娥的热情演唱，又引得一里之内的老人和小孩个个欢呼雀跃，鼓掌助兴，大家忘情地沉浸在欢乐之中，将以往的许多人生悲苦都一扫而光。为了感谢韩娥给他们带来的欢乐，大家送给韩娥许多财物和礼品，使她满载而归。

韩娥的故事说明：真正的艺术家，应当扎根于人民大众之中，与大众共悲欢，成为他们忠实的代言人。

2. 狗猛酒酸

宋国有个卖酒的人，为了招徕生意，他总是将店堂打扫得干干净净，将酒壶、酒坛、酒杯之类的盛酒器皿收拾得清清爽爽，而且在门外还要高高挂起一面长长的酒幌子，上书"天下第一酒"几个大字。远远看去，这里的确像个会做生意的酒家。然而奇怪的是，他家的酒却很少有人问津，常常因卖不出去而使整坛整坛的酒搁酸了，变质了，十分可惜。

这个卖酒的宋国人百思不得其解，他于是向左邻右舍请教这好的酒竟然卖不出去的原因。邻居们告诉他："这是因为你家养的狗太凶猛了的缘故。我们都亲眼看到过，有的人高高兴兴地提着酒壶准备到你家去买酒，可是还没等走到店门口，你家的狗就跳将出来狂吠不止，甚至还要扑上去撕咬人家。这样一来，又有谁还敢到你家去买酒呢？因此，你家的酒就只好放在家里等着发酸变质啊。"

您看，一匹恶狗看门，就能把一个好端端的酒店弄得门庭冷落，客不敢入；如果一个国家让坏人控制了某些要害部门，其后果必然是忠奸颠倒，社会腐败，百姓遭殃。

3. 林回弃璧

周朝有一个诸侯国灭亡了，亡国的难民中有个叫林回的人，他舍弃了价值千金的玉璧，却背负着婴儿逃难。

难民中有人不理解林回的选择："你是为了金钱吗？如果是为了金钱，一个婴孩能值几个钱？"又有人问："你不害怕受牵累吗？一个吃奶的婴儿在战难时，给人添的麻烦简直说不完。国难当头，真不明白你抛弃宝玉，背上婴儿这个包袱是为什么？"

林回背着孩子说："那块宝玉是因为值钱才和我在一起。这孩子因为是我的亲生骨肉，和我的感情连在一起。"

和金钱利欲结合在一起，遇到天灾人祸，患难之时便会互相抛弃；和骨肉情义友谊结合在一起，遇到患难便会相依为命。互相抛弃与互相依存，实在是相去十万八千里啊！

用金钱利欲结成的关系是暂时的，不能经受患难的考验；人与人之间的亲情友谊，患难与共才是长久和永恒的。

4. 不受嗟来之食

战国时期，各诸侯国互相征战，老百姓不得太平，如果再加上天灾，老百姓就没法活了。这一年，齐国大旱，一连三个月没下雨，田地干裂，庄稼全死了，穷人吃完了树叶吃树皮，吃完了草苗吃草根，眼看着一个个都要被饿死了。可是富人家里的粮仓堆得满满的，他们照旧吃香的喝辣的。

有一个富人名叫黔傲，看着穷人一个个饿得东倒西歪，他反而幸灾乐祸。他想拿出点粮食给灾民们吃，但又摆出一副救世主的架子，他把做好的窝窝头摆在路边，施舍给过往的饥民们。每当过来一个饥民，黔傲便丢过去一个窝窝头，并且傲慢地叫着："叫化子，给你吃吧！"有时候，过来一群人，黔傲便丢出去好几个窝头让饥民们互相争抢，黔傲在一旁嘲笑地看着他们，十分开心，觉得自己真是大恩大德的活菩萨。

这时，有一个瘦骨嶙峋的饥民走过来，只见他满头乱蓬蓬的头发，衣衫褴褛，将一双破烂不堪的鞋子用草绳绑在脚上，他一边用破旧的衣袖遮住面孔，一边摇摇晃晃地迈着步，由于几天没吃东西了，他已经支撑不住自己的身体，走起路来有些东倒西歪了。

黔傲看见这个饥民的模样，便特意拿了两个窝窝头，还盛了一碗汤，对着这个饥民大声吆喝着："喂，过来吃！"饥民像没听见似的，没有理他。黔傲又叫道："嗟，听到没有？给你吃的！"只见那饥民突然精神振作起来，瞪大双眼看着黔傲说："收起你的东西吧，我宁愿饿死也不愿吃这样的嗟来之食！"

黔傲万万没料到，饿得这样摇摇晃晃的饥民竟还保持着自己的人格尊严，黔傲满面羞惭，一时说不出话来。

本来，救济、帮助别人就应该真心实意而不要以救世主自居。对于善意的帮助是可以接受的；但是，面对"嗟来之食"，倒是那位有骨气的饥民的精神，值得我们赞扬。

8. 华歆与王朗

华歆与王朗是一对好朋友，两个人都很有学识，德行也受到大家的称赞，分不出谁好一些，谁差一点。

有一年，洪水泛滥，淹没了许多村庄和大片的良田，百姓叫苦连天。华歆和王朗的家乡也遭了灾，房子都被大水冲走了，盗贼也趁火打劫，四下作案，很不太平。无奈，华歆和王朗只得和别的几个邻居一起坐了船去逃难。

船上的人都到齐了，物品也装妥了，马上就要解缆离岸出发。这时候，远处忽然奔过来一个人，他背着包袱跑得气喘吁吁，大汗淋漓。这个人也顾不得擦汗，一边朝这边挥手一边扯开嗓子大叫道："先别开船，等等我，等等我呀！"

这人好不容易跑到船跟前，上气不接下气地说："船都被人叫完了，没有人肯收留我，我远远看到这边还有一条……船，就跑过来……求求你们……带上我……一起走吧……"

华歆听了，皱起眉头想了想，对这个人说："对不起得很，我们的船也已经满了，你还是再去另想办法吧。"

王朗却很大方，责备华歆说："华歆兄，你怎么这样小气，船上还很宽裕嘛，见死不救可不是君子所为，带上人家吧。"

华歆见王朗这样说，就不再坚持自己的意见，略微沉思片刻，答应了那人的请求。

华歆、王朗他们的船平安地走了没几天，就碰上了盗贼。盗贼们划船追过来，眼看越追越近了，船上的人们都惊慌不已，不知该怎么办好，拼命地催促船家快些、再快些。

王朗也害怕得不行，他找华歆商量说："现在我们遇上盗贼，情况紧急，船上人多了没有办法跑得更快。不如我们叫后上船的那个人下去吧，也好减轻些船的重量。"

华歆听了，严肃地回答道："开始的时候，我考虑良久，犹豫再三，就是怕人多了行船不便，弄不好会误事，所以才拒绝人家。可是现在既然已经答应了人家，怎么能够又出尔反尔，因为情况紧急就把人家甩掉呢？"

王朗听了这番话，面红耳赤，羞愧得说不出话来。在华歆的坚持下，他们还是像当初一样，携带着那个后上船的人，始终没有抛弃他。而他们的船也终于在大家的共同努力下，摆脱了盗贼，安全地到达了目的地。

王朗表面上大方，实际上是在不涉及自己利益的情况下送人情。一旦与自己的利益发生矛盾，他就露出了极端自私、背信弃义的真面孔。而华歆则一诺千金，不轻易承诺，一旦承诺就一定要遵守。我们应该向华歆学习，守信用、讲道义，像王朗那样的德行，是应该被人们所鄙弃的。

9. 乐羊的"忠心"

乐羊本是中山国的人，后来他投奔了魏国。为了表示对魏王的忠心，乐羊主动率领魏国的军队去攻打自己的故国中山国。

中山国是个弱小国家，哪里抵挡得了魏国的进攻呢。当时，乐羊的儿子还留在中山国。中山国的人在魏国的猛烈进攻下，无计可施，君臣经过一番商议，决定以乐羊的儿子做筹码来要挟乐羊退兵，中山国把乐羊的儿子绑起来吊在城楼上，威胁乐羊。谁知乐羊全然不顾吊在城楼上的可怜巴巴的儿子，反而更加猛烈地攻城。

中山国的将士们都十分生气，没想到乐羊原来是这样一个无情无义之人，于是他们将乐羊的儿子杀了。中山国的人将乐羊的儿子烹煮成肉羹，派人送给乐羊吃。

不料，乐羊面对此事仍毫不动心，一点怜子之心也没有，一丝悲伤之情也不见，反而将用儿子血肉做成的羹汤吃了个干净，然后率领着魏军向中山国发起了猛烈进攻。由于乐羊攻城态度坚决，不拿下中山国决不罢休。经过几番激战，中山国终于被乐羊所灭。

战争结束，魏国的疆域又开拓了一大片，乐羊为魏王立了大功。庆功会上，魏王给了乐羊很重的奖赏。事后，魏王便冷落了乐羊，不再信任他了。

有人不理解魏王，问魏王说："乐羊为大王立了这样大的功劳，您为何如此疏远他呢？"

魏王摇摇头说："一个为了向上爬而背叛一切的人，他连自己的故国、儿子都毫不顾惜，除了自己，他还会对谁忠诚呢？我怎么可以去亲近、信任这样一个危险的人呢？"

的确是这样，乐羊背叛自己的国家，连儿子的性命也不顾，不惜用儿子的生命和故国的利益来换取自己的利禄，这样的人只应遭到唾弃。看来，聪明的魏王疏远乐羊是明智的。

10. 释鹿得人

一次，鲁国国君孟孙带随从进山打猎，臣子秦西巴跟随左右。打猎途中，孟孙活捉了一只可爱的小鹿，他非常高兴，便下令让秦西巴先把小鹿送回宫中，以供日后玩赏。

秦西巴在回宫的路上，突然发现一只大鹿紧跟在后，不停地哀号。那只大鹿一号叫，这里小鹿便应和，那叫声十分凄惨。秦西巴明白了，这是一对母子，他觉得心中实在不忍，于是便把小鹿放在地上。那母鹿不顾秦西巴站在旁边对自己有什么危险，一下冲到小鹿身边，舔了舔小鹿的嘴，两只鹿便撒腿跑进林子里，眨眼就看不见了。

孟孙打猎归来，秦西巴对他说放走了小鹿，孟孙一下子火冒三丈，打猎回来的余兴一下子全没有了，他气得将秦西巴赶出宫门。

过了一年，孟孙的儿子到了念书的年龄，孟孙要为儿子找一位好老师。许多臣子都来向孟孙推荐老师，孟孙一一接见这些人，但他总觉得不是十分满意。正当孟孙闷闷不乐的时候，他突然想起了一年前被自己赶出宫去的秦西巴，心中豁然开朗，立即命人去寻找秦西巴，并把他请回宫来，拜他为太子老师。

左右臣下对孟孙的做法很不理解，他们问道："秦西巴当年自作主张，放走了大王所钟爱的鹿，他对您是有罪的，您现在反而请他来做太子的老师，这是为什么呢？"

孟孙笑了笑说："秦西巴不但学问好，更有一颗仁慈的心。他对一只小鹿都生怜悯之心，宁可自己获罪也不愿伤害动物的母子之情，现在请他做太子的老师，我可以放心了。"

秦西巴的仁慈之心，终于被国君理解，国君捐弃前嫌而合理启用秦西巴的长处，这一点对我们是大有启发的。

11. 德比才重要

阳虎的学生在天下为官的，比比皆是。可是有一次阳虎在卫国却遭到官府通缉，他四处逃避，最后逃到北方的晋国，投奔到赵简子门下。

见阳虎丧魂落魄的样子，赵简子问他说："你怎么变成这样子呢？"

阳虎伤心地说："从今以后，我发誓再也不培养人了。"

赵简子问："这是为什么呢？"

阳虎懊丧地说："许多年来，我辛辛苦苦地培养了那么多人才，直至在当朝大臣中，经我培养的人已超过半数；在地方官吏中，经我培养的人也超过半数；那些镇守边关的将士中，经我培养的同样超过半数。可是没想到，就是由我亲手培养出来的人，他们在朝廷做大臣的，离间我和君王的关系；做地方官吏的，无中生有地在百姓中败坏我的名声；更有甚者，那些领兵守境的，竟亲自带兵来追捕我。想起来真让人寒心哪！"

赵简子听了，深有感触。他对阳虎说："只有品德好的人，才会知恩图报；那些品质差的人，他们是不会这么做的。你当初在培养他们的时候，没有注意挑选品德好的加以培养，才落得今天这个结果。比方说，如果栽培的是桃李，那么，除了夏天你可以在它的树荫下乘凉休息外，秋天还可以收获那鲜美的果实；如果你种下的是蒺藜呢，不仅夏天乘不了凉，到秋天你也只能收到扎手的刺。在我看来，你所栽种的，都是些蒺藜呀！所以你应记住这个教训，在培养人才之前就要对他们进行选择，否则等到培养完了再去选择，就已经晚了。"

阳虎听了赵简子一番话，点头称是。

人的品德应该比才能更重要，因此应有选择地培养人才，不可良莠不分，这对我们是很有启发的。

12. 毁瓜与护瓜

魏国的大夫宋就被派到一个小县去担任县令，这个县正好位于魏国与楚国的交界处，这地方盛产西瓜。虽然同处一地，可是两国村民种西瓜的方式和态度却大不一样。

魏国这边的村民种瓜十分勤快，他们经常担水浇瓜，所以西瓜长得快，而且又甜又香。楚国这边的村民种瓜十分懒惰，又很少给西瓜浇水，所以他们的瓜长得又慢又不好。楚国这边的县令看到魏国的西瓜长得那么好，便责怪自己的村民没有把瓜种好。而楚国的那些村民却没有从自己身上找原因，只是一味怨恨魏国的村民，嫉妒他们为什么要把瓜种得那么大那么香甜。于是，楚国这边的村民就想方设法去破坏魏国村民的劳动成果。每天晚上，楚国村民轮流着摸到魏国的瓜田，踩他们的瓜，扯他们的藤，这样，魏国村民种的瓜每天都有一些枯死。

魏国村民发现这个情况后，十分气愤，他们也打算夜间派人偷偷过去破坏楚国的瓜田。一位年纪大的村民劝阻住了大家，说："我们还是把这件事报告给县令，向他请示该怎么办吧？"

大家来到宋就的县衙。宋就耐心地劝导本国的村民说："为什么要这么心胸狭窄呢？如果你来我往没完没了地这般闹下去，只会结怨越来越深，最后把事态闹大，引起祸患。我看最好的办法是，你们不计较他们的无理行为，每天都派人去替他们的西瓜浇水，最好是在夜间悄悄进行，不声不响地，不要让他们知道。"

魏国村民依照宋就的话去做了。于是，从这以后，西边楚国的瓜一天天长好起来。楚国村民发现，自己的瓜田像是每天都有人浇过水，感到很是奇怪，互相一问，谁也不知道是怎么回事。于是他们开始暗中观察，终于发现为他们的西瓜浇水的正是魏国的村民，楚国的村民大受感动。

很快，这件事情被楚国县令知道了，他既感激、高兴，又自愧不如魏国县令。他把这些情况写下来报告给了楚王，楚王也同样很受感动，同时也深感惭愧和不安。

后来，楚王备了重金派人送给魏王，希望与魏国和好，魏王欣然同意了。从此后，楚、魏两国开始友好起来。边境的两国村民也亲如一家。两边种的西瓜都同样又大又甜。

所以说，有时候不要采取"以眼还眼，以牙还牙"的态度去激化矛盾，而是宽宏大量，以德报怨，这样反而会促使矛盾缓解，使坏事变成好事。

13. 防患于未然

有一家人家盖了新房子，但厨房没有安排好，烧火的土灶烟囱砌得太直，土灶旁边堆着一大堆柴草。

一天，这家主人请客。有位客人看到主人家厨房的这些情况，就对主人说："你家的厨房应该整顿一下。"

主人问道："为什么呢？"

客人说："你家烟囱砌得太直，柴草放得离火太近。你应将烟囱改砌得弯曲一些，柴草也要搬远一些，不然的话，容易发生火灾。"

主人听了，笑了笑，不以为然，没放在心上，不久也就把这事忘到脑后去了。

后来，这家人家果然失了火，左邻右舍立即赶来，有的浇水，有的撒土，有的搬东西，大家一起奋力扑救，大火终于被扑灭，除了将厨房里的东西烧了一小半外，总算没酿成大祸。

为了酬谢大家的全力救助，主人杀牛备酒，办了酒席。席间，主人热情地请被烧伤的人坐在上席，其余的人也按功劳大小依次入座，惟独没有请那个建议改修烟囱、搬走柴草的人。

大家高高兴兴地吃着喝着。忽然有人提醒主人说："要是当初您听了那位客人的劝告，改建烟囱，搬走柴草，就不会造成今天的损失，也用不着杀牛买酒来酬谢大家了。现在，您论功请客，怎么可以忘了那位事先提醒、劝告您的客人呢？难道提出防火的没有功，只有参加救火的人才算有功吗？我看哪，您应该把那位劝您的客人请来，并请他上坐才对呀！"

主人听了，这才恍然大悟，赶忙把那位客人请来，不但说了许多感激的话，还真的请他坐了上席，众人也都拍手称好。

事后，主人新建厨房时，就按那位客人的建议做了，把烟囱砌成弯曲的，柴草也放到安全的地方去了，因为以后的日子还长着呢。

什么事情都要有个预见性，如果自己没意识到，听听别人的建议也是好的，防患于未然总比出了险情再去补救更为重要。

14. 借火治狗

有一户人家住着婆媳两人，儿子经常外出，很长时间才能回家一次。

这个婆婆在家专横跋扈，经常对媳妇横挑鼻子竖挑眼，媳妇不能申辩，更不敢反抗，总是偷偷地伤心。幸亏隔壁有位好心的大妈，十分同情这位媳妇，常常安慰这位媳妇并暗中帮助她。

一次，婆婆外出走亲戚，下午回到家里，忽然发现家里的肉少了。婆婆心里顿时来了气，她怎么想也觉得是媳妇偷吃了。于是不问青红皂白就劈头盖脑地骂起来："你这个好吃懒做的贱女人，我不在家你就无法无天了，竟敢在家偷吃东西！"

媳妇觉得实在冤枉，忍不住说："老天爷在上，我偷没偷吃东西，他看得最清楚。"

还没等媳妇说完，婆婆早就气得要跳起来，她指着媳妇大声喊道："这还了得，敢顶撞我！算是我冤枉了你，我瞎了眼睛！我家养不起你这个媳妇了，你马上给我滚回你娘家去，我家不要你了！"就这样，婆婆把媳妇给休弃了。

媳妇无可奈何，只得服从婆婆的命令。她在回娘家之前，去向隔壁的大妈告别，哭着向大妈讲了这件事。大妈听了，很替这位媳妇难过，但大妈也知道那位婆婆的为人，如果现在马上去替媳妇解释，恐怕婆婆是不会听的。于是大妈安慰了媳妇一阵后，对她说："你先慢慢地走，我这就去想办法让你婆婆把你叫回来。"媳妇擦了擦眼泪，慢慢朝村外走去。

大妈待媳妇一走，马上在家里搜寻了一把乱麻，她将乱麻扎在一个小棍上做了一个火引子，然后到这个媳妇家里去找婆婆借火。

婆婆问："现在不是做饭的时候，借火做什么？"大妈对婆婆说："我家的狗不知从哪里叼来一块肉，几条狗为争这块肉，互相咬得很凶，我想借个火回去治治它们。"

婆婆一听，恍然大悟，肉原来是被狗叼走了。她心里感到有几分愧疚。因此赶紧找来一个人，让他马上去追赶媳妇，把她接回来。

这则寓言告诉我们，一个有心计的人，在解决人与人之间的矛盾纠纷时，必须讲究策略。要想弄明真相、息事宁人，既要抓住问题的症结，又不可急于求成。

15. 临江驼鹿

从前，临江地方有一个人爱好打猎。有一次，他进山里去打猎，偶然发现了一个驼鹿穴，老鹿可能是觅食去了，只剩下一只毛都还没长齐的小鹿仔。这个人很是怜爱这头小驼鹿，就将它抱起来，带回家里去饲养。

这人抱着小驼鹿刚一走进家门，家里养的一群狗就一边摇着尾巴一边流着涎水跑过来，以为小驼鹿是主人带给它们的食物，不顾小驼鹿还在主人怀里，跃跃欲试地伸出爪子去碰它。主人很生气，大声地呵斥它们："畜牲，还不快滚开！"又踢了狗几脚，它们这才悻悻地躲远了。

这群狗如此对小驼鹿垂涎三尺，主人不禁很担心小驼鹿会遭它们的毒手，于是就天天抱着小驼鹿到狗跟前去，让狗慢慢熟悉它、亲近它，让它们之间建立起感情，到后来又把它们放在一块儿玩耍，教狗要爱护小驼鹿，不准去惊动它、骚扰它。

这群狗明白主人的意思是要保护小驼鹿的安全，也就都按照主人的心意去做，听从主人的安排，和小驼鹿很是亲热，也不再吓唬它。小驼鹿慢慢地长大了，因为和狗处得久了，竟然忘记了狗是鹿的敌人，反而确信狗是自己的好朋友，成天和狗一块儿互相舔舐，翻滚嬉戏，碰撞追逐，玩得十分开心，和狗也一天比一天亲热。而这群狗因为想讨好主人，又怕主人的责罚，也就一直迁就小驼鹿，陪着它玩耍，但还是改不了它们的本性，常常暗地里瞧着小驼鹿，垂涎三尺。

过了几年，小驼鹿长成了大驼鹿。有一次它出门去，碰到别人家的一群狗，可高兴了，以为遇到了好朋友，赶快跑过去和它们嬉戏。

这群狗见这只驼鹿竟如此大胆，感到又奇怪又生气，也不管三七二十一，冲上来又撕又咬，一会儿工夫就把驼鹿吃了个精光，血淋淋的尸骨就这样被弃置在道路上。只可惜驼鹿到死也不明白一向和气的狗为什么要吃它。

自家的狗不敢碰驼鹿，是因为畏惧主人的威慑，并不是因为驼鹿本身有多厉害，而别家的狗没有了这个威慑，自然就不买驼鹿的账了。驼鹿不明白这一点，落得个可悲的下场。人如果借助外部力量获得了地位和利益后，一定要谨慎从事，不要盲目高估了自己。

16. 智诲小偷

东汉时期，有个叫作陈寔的人，是个饱学之士，品行端正、道德高洁，远乡近邻的人因此都非常敬重他。陈寔不仅自己自觉自律，对儿孙们的要求也相当严格，常常抓住各种场合和机会教育他们，而且很注意方法，所以总能收到比较好的效果。

有一年洪水泛滥，淹没了大片村庄和良田，成千上万的人无家可归，到处逃荒。为此盗贼四处横行，天下很不太平。

一天夜里，有个小偷溜进了陈寔家里。他刚准备动手偷东西，忽然听得几声咳嗽，不好，有人来了。慌乱间，小偷一时找不到妥善的藏身之处，急中生智，顺着屋内的柱子爬到大梁上伏下身子，大气也不敢喘。

陈寔提着灯从里屋出来拿点东西，偶然间一抬头，瞥见了梁上的一片衣襟，他马上心知家里进了贼了。他一点都不惊慌，也不赶紧抓小偷，而是从容不迫地把晚辈们全都叫起来，将他们召集到外屋，然后十分严肃地说道：

"孩子们啊，品德高尚是我们为人的根本，在任何情况下，我们都应该对自己高标准、严要求，不能够因为任何借口而放纵自己、走上邪路。有些坏人，并不是一出娘胎就是天生的坏人，而是因为不能严格要求自己，慢慢地养成了不好的习惯，后来想改都改不过来了，这才沦为了坏人。比如我家梁上的那位君子，就是这种情况。

我们可不能因为一时的贫困而丢掉志气、自甘堕落啊!"

听了陈寔的一番教诲,梁上的小偷吃了一惊:原来自己早就被发现了。同时他又很为陈寔的话所感动:他不但没抓自己反而耐心教育自己。小偷羞愧难当,就翻身爬下梁来,向陈寔磕头请罪说:"您说得太好了,我错了,以后再也不干这种勾当,求您宽恕我吧。"陈寔和蔼地回答道:"看你的样子,也并不像个坏人,也是被贫穷所逼的吧。以后要好好反省一下,要改还来得及。"说完,他又吩咐家人取来几匹白绢送给小偷。小偷感激涕零,千恩万谢地走了。

从这以后,这一带就几乎再没有偷盗之类的事情发生了。

陈寔不失时机地给小偷和晚辈们上了一堂生动的德育课,也启发了我们,做工作时方法不要太简单粗暴,要分析事物的本质,对犯了错误的人立足于挽救,往往能够收到比较好的效果。

17. 阳鬼难捉

玉皇大帝命令捉鬼大神钟馗到人世间去捉些鬼来,钟馗领旨后带着几个帮手到了下界,执着剑准备捉鬼。谁知阳世的鬼比阴间的鬼多而且凶。众鬼见钟馗来捉,各显手段与他纠缠不休。只见那冒失鬼上前夺剑,伶俐鬼搬腿抽腰,讨厌鬼拉靴摘帽,下流鬼宽衣解带,无赖鬼掀须掠眉,亡命鬼执刀对仗,淘气鬼挖鼻剜眼,醉酒鬼胡言乱语,贪财鬼奉上钱币,好色鬼扑面狂吻。众鬼跌倒地上,撕扯不开,使钟馗几位身怀法术却无法施展,更使众恶鬼气焰嚣张,大喊大叫,就像是获胜有理似的。正在为难张惶之际,忽然见一个非常肥胖而高大的和尚,挺着大腹嘻哈而来,见此情景便将钟馗从地上扶将起来，问道："伏魔将军，为何这样狼狈？"钟馗说："相隔不过几十年，想不到现在的阳世之鬼居然如此难捉！"和尚说："不妨，让我替你捉来。"这和尚便对众鬼哈哈一笑，张开巨口咕噜一声，把众鬼全部吞到了大肚内。钟馗大惊道："师父，你实在是神通广大！"和尚笑道："亏你还是伏魔将军，不知道现在阳世的恶鬼，做鬼的花样和伎俩比以前更多，也更难缠，与他们论不得道理，讲不得人情，只管用大肚皮装了就是了！"

这则故事告诫我们，社会丑恶现象复杂多变，在社会转轨变型时期，各种"鬼"更是各显"鬼"通，不仅危害社会，而且与法纪巧妙周旋，败坏风气，气焰嚣张。为了社会的安宁和进步，对"鬼"绝不能容忍、姑息和宽恕，必须作针锋相对的斗争，才能制服恶鬼，为人民造福。

18. 东郭先生和狼

晋国大夫赵简子率领众随从到中山去打猎，途中遇见一只像人一样直立的狼狂叫着挡住了去路。赵简子立即拉弓搭箭，只听得弦响狼嚎，飞箭射穿了狼的前腿。那狼中箭不死、落荒而逃，使赵简子非常恼怒。他驾起猎车穷追不舍，车马扬起的尘土遮天蔽日。

这时候，东郭先生正站在驮着一大袋书简的毛驴旁边向四处张望。原来，他前往中山国求官，走到这里迷了路。正当他面对岔路犹豫不决的时候，突然窜出了一只狼。那狼哀怜地对他说："现在我遇难了，请赶快把我藏进你的那条口袋吧！如果我能够活命，今后一定会报答您。"

　　东郭先生看着赵简子的人马卷起的尘烟越来越近，惶恐地说：
"我隐藏世卿追杀的狼，岂不是要触怒权贵？然而墨家兼爱的宗旨不
容我见死不救，那么你就往口袋里躲吧！"说着他便拿出书简，腾空
口袋，往袋中装狼。他既怕狼的脚爪踩着狼颔下的垂肉，又怕狼的
身子压住了狼的尾巴，装来装去三次都没有成功。危急之下，狼蜷
曲起身躯，把头低弯到尾巴上，恳求东郭先生先绑好四只脚再装。
这一次很顺利。东郭先生把装狼的袋子扛到驴背上以后就退缩到路
旁去了。不一会儿，赵简子来到东郭先生跟前，但是没有从他那里
打听到狼的去向，因此愤怒地斩断了车辕，并威胁说："谁敢知情不
报，下场就跟这车辕一样！"东郭先生匍匐在地上说："虽说我是个
蠢人，但还认得狼。人常说岔道多了连驯服的羊也会走失。而这中
山的岔道把我都搞迷了路，更何况一只不驯的狼呢？"赵简子听了这
话，调转车头就走了。

　　当人唤马嘶的声音远去之后，狼在口袋里说："多谢先生救了
我。请放我出来，受我一拜吧！"可是狼一出袋子却改口说："刚才
亏你救我，使我大难不死。现在我饿得要死，你为什么不把身躯送
给我吃，将我救到底呢？"说着它就张牙舞爪地向东郭先生扑去。东
郭先生慌忙躲闪，围着毛驴兜圈子与狼周旋起来。

　　太阳快下山的时候，东郭先生怕天黑遇到狼群，于是对狼说：
"我们还是按民间的规矩办吧！如果有三位老人说你应该吃我，我就
让你吃。"狼高兴地答应了。但前面没有行人，于是狼逼他去问杏
树。老杏树说："种树人只费一颗杏核种我，二十年来他一家人吃我
的果实、卖我的果实，享够了财利。尽管我贡献很大，到老了，却
要被他卖到本匠铺换钱。你对狼恩德不重，它为什么不能吃你呢？"
狼正要扑向东郭先生，这时正好又看见了一头母牛，于是又逼东郭

先生去问牛。那牛说：“当初我被老农用一把刀换回。他用我拉车帮套、犁田耕地，养活了全家人。现在我老了，他却想杀我，从我的皮肉筋骨中获利。你对狼恩德不重，它为什么不能吃你呢？”狼听了又嚣张起来。

就在这时来了一位拄着藜杖的老人。东郭先生急忙请老人主持公道。老人听了事情的经过，叹息地用藜杖敲着狼说：“你不是知道虎狼也讲父子之情吗？为什么还背叛对你有恩德的人呢？”狼狡辩地说：“他用绳子捆绑我的手脚，用诗书压住我的身躯，分明是想把我闷死在不透气的口袋里，我为什么不吃掉这种人呢？”老人说：“你们各说各有理，我难以裁决。俗话说‘眼见为实’。如果你能让东郭先生再把你往口袋里装一次，我就可以依据他谋害你的事实为你作证，这样你岂不有了吃他的充分理由？”狼高兴地听从了老人的劝说，然而却没有想到在束手就缚、落入袋中之后，等待它的是老人和东郭先生的利剑。

东郭先生把“兼爱”施于恶狼身上，因而险遭厄运。这一寓言告诉我们，即使在人与人的关系中，也存在“东郭先生”式的问题。一个人应该真心实意地爱人民，但丝毫不应该怜惜狼一样的恶人。

19. 越人与狗

越国有一个人出外经商，在返家途中遇见一条狗。这条狗跑到越人面前，摇首摆尾地对越人说着人话：“我很擅长捕猎野物，只要你对我好，我愿意将猎获的东西与你平分。”

越人见有这等找上门来的好事，不要白不要，于是，很高兴地把狗带回了家中。

狗在越人家中享受着很好的待遇。每天，狗吃着用精米做的饭和肥肉做的菜，越人用款待客人的礼节款待这条狗，指望狗将来会好好回报自己。

可是这狗是个忘恩负义的家伙，它受到越人这般优待不但不存感激回报之意，反而日益傲慢骄横起来，每次捕猎到野兽，都是全由自己独吞，把越人忘在一边。

于是有邻人讥笑越人说："你供给那狗好吃好喝，客气得不得了，可它眼里根本没有你，它猎获的野物，从没你的份，你还要这狗干嘛？"

越人一听，醒悟过来，也很生狗的气。于是待狗捕猎到野兽，就跟狗平分兽肉，并且每次都给自己多留一些。

那狗终于翻了脸，它不愿越人分享它的猎物。一天，它突然扑到越人身上，咬住他的脑袋，撕断了他的脖子和双腿，然后便离开越人的家跑走了。

越人不能识破这条凶残贪婪的狗的真面目，开始还一味娇宠它，终至这条恶狗翻脸不认人。越人招进强盗，自食恶果的教训是深刻的。

20. 乌鸦诉冤

唐朝时候，温璋在京城任兆尹。他刚直不阿，执法如山，疾恶如仇，谁要为非作歹，只要撞到温璋手上，便休想逃脱。温璋用严刑酷法毫不手软地处死了一批不法之徒，使得京城治安良好，那些流氓地痞无赖，没有一个不畏惧温璋的。为了方便老百姓告状、诉冤，温璋还派人在衙门外挂上一只悬铃，好让告状者随时撞响铃铛。

一天，温璋忽听堂外悬铃一阵疾响，便马上派人出去查看。那差人在铃下四处张望，却未见到有人前来撞铃。正奇怪间，那铃铛又响了。差人不知何故，那铃铛却连响了三次，差人这才发现撞铃的原来是只乌鸦。

差人立即向温璋报告了乌鸦撞铃之事。温璋想了片刻，说："这只乌鸦定遭了什么伤心事，它才前来诉冤的。我估计，一定是有人掏走了它的小乌鸦，母子连心。乌鸦的爱子之心，实在感人。"

于是，温璋派人随乌鸦去找那个掏鸟窝的人，一旦找到，定要拘捕归案。那只乌鸦在前面盘旋飞翔，替差役引路，差役一路上紧紧跟随，终于来到城外一片树林子里，乌鸦盘旋在一棵树旁不再前进，还"嘎嘎"地叫个不停。差役一看，树上一个鸟窝果然被人掏空了，而那个掏走小乌鸦的人还没有走，正在树下休息，手里还在玩弄着小乌鸦，小乌鸦可怜巴巴地"嘤嘤"哀鸣着。见此情景，差役立即将那人捉回了官府。

温璋亲自审理此案。他认为，乌鸦虽不是人，但母子亲情，与人同理，乌鸦被人迫害，前来官府伸诉，求助于官，此事本来就有些异乎寻常。那掏走小乌鸦的人，拆散乌鸦母子，残害弱小，行为恶劣，不能宽容。于是，温璋下令将那人处死，为乌鸦伸了冤，报了仇。

后来，此事传开，那些为非作歹之徒更是小心翼翼，收敛了许多，再也不敢轻易干坏事。

温璋明察秋毫，体察民间疾苦，对哪怕是再细小的事都执法如山，毫不留情，因此才能真正扼制住社会的恶势力，保一方平安。

21. 自作自受

唐高宗死后，皇后武则天独揽大权，直至登基做了女皇帝。则天女皇用严刑酷法，对那些为非作歹的贪官污吏进行制裁。当时，有人密告文昌右丞相周兴企图谋反。于是，武则天派酷吏来俊臣去审理此案。

来俊臣派人请来周兴，不动声色地先假意与周兴聊天，并请他一起喝酒。酒宴上，来俊臣问周兴说："现在有些囚犯不服罪，你说用什么方法让他们认罪，用什么方法制裁他们才好呢？"

这周兴也算是一个酷吏了，他整人的法子五花八门。这次来俊臣把他请来，他还蒙在鼓里，一点也不了解真相，因此他洋洋得意地呷着美酒，同时自作聪明地向来俊臣介绍了一种自己惯常使用的整人办法。他说："这简单得很，我有一个好办法，包管让囚犯一个个服服贴贴。"

来俊臣不动声色地说："什么办法，请仔细介绍，我也照此办理。"

周兴说："拿一个大坛子来，周围堆上火炭烧烤，待烤得滚烫时，令犯人进到大坛子里去，看谁还敢不招供他的罪行？"

来俊臣听罢，立即派人搬来一个大坛子，按周兴所说的办法在坛子周围点上炭火。不一会，坛子烧得滚烫。来俊臣站起身来对周兴说道："现在皇宫内部传出命令，要我来审问老兄你的罪行，我想还是先请老兄进入这个大瓮里去再说吧，也好亲自体会体会你自己的杰作呀。"

来俊臣的话音刚落，周兴早已吓得魂不附体，连忙跪下，使劲地叩头谢罪。

看起来，那些作恶多端变着法子整人的人，也有遭到"以其人之道，还治其人之身"的下场的那一天。

22. 为虎作伥

传说被老虎吃掉的人，死后变作"伥"，伥会死心塌地地为老虎奔走效劳。

有个叫马拯的读书人，爱好游历山水。这一天，他来到五岳之一的南岳衡山。衡山风景秀丽，马拯忘情山水，在松林间转悠，不知不觉到了黄昏，看来这个晚上他是走不出去了。

马拯正着急，忽然看到前面大树上搭着一个窝棚，上面一个猎人正朝他示意。马拯一低头，看见原来就在前面不远是猎人设的一个陷阱，马拯吓了一跳说："好险！"

猎人从树上跳下来，问道："你是什么人？怎么天黑了还在林子里转悠？"

马拯把自己贪恋山水而忘了时间的事说给猎人听了。猎人说："这里老虎很多，十分危险，你一个人不要再走了，就在我这里过一夜吧。"猎人边说，边走到陷阱边，架好捕虎用的机关，然后带马拯登上大树的窝棚。马拯一个劲道谢。

半夜里，马拯从睡梦中醒来，忽听得树下叽叽喳喳有许多人在讲话，声音越来越近。马拯警觉起来，借着月光，看见前面走来一大群人，有男有女，有老有少，总共怕有几十人。这些人走到马拯和猎人栖身的大树近旁时，忽然走在前面的那人发现了陷阱，十分生气地叫起来："你们看！是谁在这里暗设了机关陷阱，想谋害我们大王！真是太可恶了！是谁竟敢如此大胆！"说着，和另外两个人一起将猎人设在陷阱上的机关给拆卸下来，然后才前呼后拥互相招呼着走过去了。

待这伙人走后，马拯赶紧叫醒猎人，把刚才的一幕告诉了猎人。猎人说："那些家伙叫作伥，他们原本都是被老虎吃掉的人，可是他们变作伥鬼后，反而死心塌地为老虎服务，晚间老虎出来之前，他们便替老虎开路。"马拯听后明白了，他对猎人说："那他们刚才所说的大王一定是老虎了。老虎可能不多久就要来了，你赶快再去把机关架好。"

猎人敏捷地从树上下来，把陷阱上的机关重新架好，刚登上大树，只听一阵狂叫，一只凶猛的老虎从山上直窜过来，一下扑到陷阱的机关上，只听"嗖"的一声，一支弩箭弹出，正中老虎心窝。只见老虎狂暴地跳起，大声吼叫，叫声直震得松林发抖，老虎挣扎了一阵，倒在地上死了。

老虎巨大的哀叫声，惊动了已走了很远的伥鬼们，他们纷纷跑回来，爬在胸口还流着血的死老虎身上大哭起来，边哭还边伤心地哀号着："是谁杀死了我们大王呀！是谁杀死了我们大王呀！"

马拯在树上听得明白，不由得大怒，他厉声骂道："你们这些伥鬼！自己是怎么做的鬼还一点不知道，你们原本就死在老虎嘴里，至今还执迷不悟，还为老虎痛哭！真令人气愤！"

这些伥鬼，自己明明被坏蛋害死，可是死后还要做坏蛋的帮凶，实是可恨。

23. 高价买邻

南朝时候，有个叫吕僧珍的人，生性诚恳老实，又是饱学之士，待人忠实厚道，从不跟人家要心眼。吕僧珍的家教极严，他对每一个晚辈都耐心教导、严格要求、注意监督，所以他家形成了优良的家风，家庭中的每一个成员都待人和气、品行端正。吕僧珍家的好名声远近闻名。

南康郡守季雅是个正直的人，他为官清正耿直，秉公执法，从来不愿屈服于达官贵人的威胁利诱，为此他得罪了很多人，一些大官僚都视他为眼中钉、肉中刺，总想除去这块心病。终于，季雅被革了职。

季雅被罢官以后，一家人都只好从壮丽的大府第搬了出来。到哪里去住呢？季雅不愿随随便便地找个地方住下，他颇费了一番心思，离开住所，四处打听，看哪里的住所最符合他的心愿。

很快，他就从别人口中得知，吕僧珍家是一个君子之家，家风极好，不禁大喜。季雅来到吕家附近，发现吕家子弟个个温文尔雅，知书达理，果然名不虚传。说来也巧，吕家隔壁的人家要搬到别的地方去，打算把房子卖掉。季雅赶快去找这家要卖房子的主人，愿意出一千一百万钱的高价买房，那家人很是满意，二话不说就答应了。

于是季雅将家眷接来，就在这里住下了。

吕僧珍过来拜访这家新邻居。两人寒暄一番，谈了一会儿话，吕僧珍问季雅："先生买这幢宅院，花了多少钱呢？"季雅据实回答，吕僧珍很吃惊："据我所知，这处宅院已不算新了，也不很大，怎么价钱如此之高呢?"季雅笑了,回答说:"我这钱里面,一百万钱是用来买宅院的,一千万钱是用来买您这位道德高尚、治家严谨的好邻居的啊!"

季雅宁肯出高得惊人的价钱,也要选一个好邻居,这是因为他知道好邻居会给他的家庭带来良好的影响。所谓"近墨者黑,近朱者赤",环境对于一个人各方面的影响,是不容忽视的,我们应当万分珍惜身边的良师益友。

24. 巫师的诚与灵

古时候楚国人风行求神敬仙的祭祀活动。无论是为了让家里人除病消灾,还是为了让天下风调雨顺,楚国人都要摆上筵席,请来巫师,祈求上天显灵。

当时的荆楚乡间曾出过一个名噪一时的巫师。他每次主持祭祀活动,只求乡人备办一些普通的祭品,而自己则以饱满的激情、虔诚的态度和祈祷的歌舞去迎神送神。其结果非常灵验,他一次又一次使求神治病的人恢复了健康;使盼望丰收的人得到了好年成。人们因此而把这个巫师看做神的使者,遇事都争着去请他来帮助解决。

过了几年之后,这个巫师在祭祀前向乡民们提出的要求起了变化。他让人准备的祭品是满桌鲜肥的牛羊肉和整坛的好酒。可是人们满足了他的这些要求后却得不到相应的回报。巫师的祭祀越来越不灵验了。祈求治病的人常常在祭祀以后不久就死了;祈求五谷丰登的人得到的往往是饥荒。乡民们对此都感到非常气愤,然而却弄不明白这里面的原因。

有一个人见大家迷惑不解,七嘴八舌地对巫师议论纷纷,于是走上前去点拨他们。这个人对乡民们说："前些年我曾到这个巫师的家里去过。那时他家里人少、负担轻，他心里没有什么牵挂，所以祭祀的时候内心虔诚、精神专注。他每次祭祀完了不求从祭品中牟取好处，而是把祭品全部分给大家。神灵见了这样的巫师还有不应许降福的道理吗？然而现在他生养了一群子女，为了满足他们日益增长的衣食上的需要，这个巫师每次都把祭品拿回自己的家中。既然他的祭祀仅仅是为了收取好处，对神灵已经失去了虔诚的信仰，那么神灵怎么会来享受祭品的香气，并降福于我们呢？由此看来，这个巫师现在祭祀不显灵，并不是因为他由从前的神明变成了如今的愚蠢，而是因为他一心牵挂着自己的私事，没有真情顾及他人的缘故。"

这个故事用前后不同的巫师形象和祭祀效果告诉人们，一个人只有排除私心杂念，才能尽职尽责地搞好工作，从而为社会作出贡献。

25. 盲人坠桥

一个盲人过桥的时候不慎把脚踩出了桥面。他身体一倾，几乎栽倒在桥下。幸好桥栏杆上的横木挡了他一下，于是他用双手抓住了栏杆，而身体却悬在半空中。

盲人以前曾不止一次在这座桥上走过。尤其是在那春雨过后、山洪暴发的日子，他过桥时听到桥下哗哗作响的流水声，真有点毛骨悚然、胆战心惊。可是这一次瞎子过桥，正值秋高气爽、小河断流的季节。一般的人过桥看得见桥下干涸的河床，走在桥上有走旱路的感觉。然而瞎子却没法看到河中的情形，他凭以往的经验判断，认为桥下必定是水流湍急的深渊。因此，他失脚以后使出了浑身的力气抓住桥栏杆不放，一边奋力挣扎着试图爬上桥去；一边急切地希望得到他人的救助。

当时从桥上经过的人，看到盲人抓着桥栏杆有惊无险、盲目恐慌的情景，既好笑又怜悯地指点他说："用不着害怕，你双脚离地不远，松手就可以着地。"盲人不相信这话。他心里想："不肯拉我一把，却要我松手掉下去，这不是存心坑人吗？"想到这里，他不禁绝望地大哭起来。

不一会儿，盲人力气耗尽，两手一滑，身体坠了下去。出乎瞎子想象的是，他还没有来得及感受空中失重、丧魂落魄的投河悲哀，顷刻之间双脚就触到了地。以至于他落地以后身体打了一个趔趄才站稳了脚跟。原来这桥下真如那路人说的一样，一点水都没有。瞎子这时才松了一口气。他有点不好意思地笑着说："早知道这桥不高，下面没有水，我就不会吊在栏杆上吃苦头了。"

盲人因看不见路而坠桥，并不是一件可笑的事。盲人心目中关于坠桥危险和人们会扶危济困的合理想法被桥不高、河已干的特殊环境所扭曲，这才成了虚惊一场的笑料。这一现象告诉我们，建立人与人之间的完全信赖并不是一朝一夕所能办到的事。

26. 藏贼衣

有个小偷，想去偷点东西来换些吃食。一天夜里，他找来找去，那些大户人家的门上都上着大锁，结实极了，他怎么也弄不开。

转来转去，这小偷终于找到一户人家，两扇门板破破烂烂的，不费多大工夫，小偷就打开门进到屋里了。他东翻翻、西看看，到处寻找值钱的东西。可是这一家实在是一贫如洗，除了些破桌椅烂抹布，简直找不出一样可以换钱的东西。小偷不由得倒抽一口凉气，暗自叫苦：唉，我的天！我怎么倒霉成这样，这家人简直太穷了，根本没什么可偷的，叫我白费了这么多工夫和力气！

要空手回去，小偷实在是不甘心，他继续四下里仔细搜寻，一双贼眼滴溜溜乱转。过了一会儿，他果然有所发现——床头放着一坛米。小偷思忖道：没法子，就把这米拿回去煮饭吃吧。可是连坛子抱回去太重了，既不方便又可能拿不动，还容易让人起疑心。哎，对了，不如这样！

小偷一拍脑袋，计上心来。他脱下外衣铺在地上，然后回过身子去取米，想把米倒在衣服上包走。小偷闹腾了这许久，将床上睡着的丈夫吵醒了。借着照进屋里的月光，丈夫瞧见了企图偷米的小偷，生气极了：这个坏蛋，我家里这么穷，他竟然连唯一的一坛米都不放过。本想大声叫抓贼，又怕贼一时急了伤人，怎么办呢？丈夫悄悄一伸手，把小偷铺在地上的衣服拿起来，藏进被子里面。小偷取了米回头，却发现衣服不见了，又急又恼。这时，妻子也醒了，惊慌万分地问丈夫："房里窸窣作响，是不是有贼呀？"丈夫回答说："我醒了半天了，哪里会有贼呢？"小偷听见这夫妻俩的对话后，忙高声喊道："我的衣服，才放在地上，就被贼偷了，怎么还说没有贼呢？"这时邻居们全被吵醒了，听到这家喊"贼"的声音，纷纷跑过来抓，小偷来不及逃跑，只得束手就擒。

小偷竟然忘了自己的身份，贼喊捉贼，暴露了目标，终于被擒。凡是丧尽良心算计别人的人，到头来只会算计了自己。

27. 柳季与岑鼎

从前，鲁国有个宝贝，叫作岑鼎。这只岑鼎形体巨大，气势宏伟雄壮，鼎身上还由能工巧匠铸上了精致美丽的花纹，让人看了有种震慑心魄的感觉，不由得赞叹不已。鲁国的国君非常看重和珍爱岑鼎，把它看作镇国之宝。

鲁国的邻国齐国幅员广阔、人口众多，国力很是强盛。为了争夺霸权，齐国向鲁国发起了声势浩大的进攻。鲁国较弱，勉强抵挡了一阵就全线溃败了。鲁国国君只得派出使者，去向齐国求和，齐国答应了，但是有个条件：要求鲁国献上岑鼎以表诚意。

鲁国的国君很是着急，不献吧，齐国不愿讲和；献吧，又实在舍不得这个宝贝，如何是好呢？正在左右为难之际，鲁国有个大臣出了个主意："大王，齐人从未见过岑鼎，我们何不另献一只鼎去，量他们也不会看得出来。这样既能签订和约，又能保住宝贝，难道不是个两全之策吗？""妙啊！"鲁国国君拍手称是，大喜道，"就照你说的这么办！"

于是，鲁国悄悄地换了一只鼎，假说是岑鼎，献给了齐国的国君。

齐国国君得了鼎，左看右看，虽觉得这只鼎也称得上是巧夺天工，但似乎不如传说中那样好，再加上鲁国答应得这样爽快，自己又没亲眼见过岑鼎，这只鼎会不会是假的呢？又能用什么方法才能验证它的真伪呢？要是弄得不好，到手的是一只假鼎，不仅自己受了愚弄，齐国的国威也会大大受损。他思前想后没有法子，只得召集左右一块儿商量。一位聪明又熟悉鲁国的大臣出点子说："臣听说

解读中华寓言大智慧 下
JIE DU ZHONG HUA YU YAN DA ZHI HUI

鲁国有个叫柳季的人，非常诚实，是鲁国最讲信用的人，毕生没有说过半句谎话。我们让鲁国把柳季找来，如果他也说这只鼎是真的，那我们就可以放心地接受鼎了。"齐王同意了这个建议，派人把这个意思传达给了鲁国国君。

鲁国国君没有别的路可走，只得把柳季请来，对他把情况讲明，然后央求他说："就请先生破一回例，说一次假话，以保全宝物。"柳季沉思了半晌，严肃地回答道："您把岑鼎当作最重要的东西，而我则把信用看得最为重要，它是我立身处世的根本，是我用一辈子的努力保持的东西。现在大王想要微臣破坏自己做人的根本，来换取您的宝物，恕臣不可能办到。"

鲁国国君听了这一番义正辞严的话，知道再说下去也没有用了，就将真的岑鼎献给了齐国，签订了停战和约。

柳季如此守信用，实在是一种难能可贵的好品质。他用实际行动告诉我们：诚实信用是无价的，任何宝贝都不能与之相比。无论何种情况下，我们都不能放弃做人的根本。

28. 随声附和的盲人

从前有个盲人，因为自己看不见，总是担心人家会笑话他，所以一举一动一言一行总是力求和人家一致，以表示自己并没有什么不如别人的地方。

夏天暑热，到了傍晚的时候，大家都爱到村头的一棵大榕树下面去乘凉，这个盲人也不例外。大伙儿坐在树下面摇摇扇子、讲讲故事，倒也其乐融融。

这天黄昏的时候，盲人又来到树下，和人们一起享受着树荫下的徐徐凉风，很是惬意。不远处的一棵树上，两个孩子正在掏知了，人们便都饶有兴趣地瞧着。只见后面的孩子伸出沾满树胶的木棍想去粘知了，刚伸过去，没料到前面的孩子猛然一回头，好像想说点什么，被弄了一鼻子一脸的树胶，哭丧起脸，张开的嘴也忘了闭上，样子滑稽极了。看到这里，大家不禁一起大笑起来，有的合不拢嘴，有的捂着肚子直不起腰来，有的连眼泪也笑了出来。

盲人正乘着凉，忽然听到一阵笑声，心里纳闷：他们笑什么呢？不管，我也跟着笑吧。于是就不管三七二十一也大笑起来。大伙见他也笑，非常奇怪，就问他说："你看见什么了，也发笑？"盲人边笑边说："你们所笑的，一定不错。"这下，大伙笑得更厉害了。

有不如别人的地方并不要紧，但不管怎样，都不能像这个盲人一样，毫无主见、随声附和，这才是最要不得的缺陷。

29. 不吃鸡蛋

有个南方人，从来不吃鸡蛋。一次，他出远门到北方。在路上走得累了，肚子也咕咕直叫，就进了一家小店坐下，吃些东西。

店里的伙计一看有客来了，忙过来招呼，殷勤地边擦桌子边问："客官，您想吃些什么？"这个南方人第一次来北方，对北方的菜很不熟悉，就随便地说道："有什么好菜就上吧。"伙计应道："本店的木樨肉做得可拿手了，您可以尝一尝。"不一会儿，菜端上来了，南方人一看，原来里面有自己不吃的鸡蛋，可他又怕如果说出来，别人会嘲笑自己无知，就不愿明说，只是问道："还有别的什么好菜吗？"伙计说："还有摊黄菜，也是本店的拿手名菜。"南方人心里嘀咕：摊黄菜是什么玩艺？不管它，先要了再说吧。菩萨保佑，可千万别再有鸡蛋呀！便说道："太好了，就这个吧！"等到菜送来一看，仍然还是有自己不吃的鸡蛋。不好再推了，他只好说："菜是不错，可惜我肚子挺饱的，不想吃东西。"他的仆人饿得实在不行，便劝他说："前边的路还很远，不吃的话，待会儿恐怕要挨饿了。"他于是借梯子下台说："既然这样，那我们就吃些点心吧。伙计，有好点心吗？"伙计答道："有窝果子。"他说："那就多拿几个来吧。"等到"窝果子"被端上来，他一看不禁傻了眼，竟然又有自己不吃的鸡蛋。他心中又羞惭又恼火，再也找不出什么理由了，只得饿着肚子赶路，直走得疲劳不堪。

　　天下的事情很多，人们哪能样样知道。不知道并不可怕，可怕的是不但不承认，还硬要假装知道。这样做是学不到任何东西的。